KB237361

나의 꿈 나의 사랑

| 원명옥 시집 |

청어

나의 꿈 나의 사랑

원명옥 지음

발행처 · 도서출판 청어
발행인 · 이영철
기 획 · 전수진 | 김홍순
영 업 · 이동호
편 집 · 김영신 | 방세화
디자인 · 오주연 | 김바라
제작부장 · 공병한
인 쇄 · 두리터

등 록 · 1999년 5월 3일(제22-1541호)

1판 1쇄 인쇄 · 2010년 7월 20일
1판 1쇄 발행 · 2010년 7월 30일

주소 · 서울시 서초구 서초동 1588-1 신성빌딩 A동 412호
대표전화 · 586-0477
팩시밀리 · 586-0478

블로그 · http://blog.naver.com/ppi20
E-mail · ppi20@hanmail.net
ISBN · 978-89-93563-96-2 (03810)

나의 꿈
나의 사랑

| 시인의 말 |

풀뿌리의 기나긴 인내가 피워낸 아름다운 향기와
꽃받침의 숙연한 희생이 일궈낸 계절의 발코니엔
눈부신 꽃문양 핏줄이 어우러져 마음과 마음의 문을 두
드리는데

채울수록 허전해지는 열정의 빈곤 그 가난한 가슴으로
한 모금 인내를 흉내 내며 날려 보낸 허약한 풍선은
결국엔 그리 오래지 않아 맥없이 주저앉고 만다는 것을
적잖은 나이가 되어서야 깨달아갑니다.

오늘도 부지런한 새들의 천국에는 바람마저 비껴 지나고
단 한 줄 약속도 없이 만났다 헤어져도
한마디 재회를 꿈꾸지 않는 서글픈 사람들의 매표소엔
한 꾸러미 가뿐한 설레임만 제 그림자를 감고 앉아있는데
겸손한 기다림이 머무는 그 눈부신 자리에
꿈과 사랑이 속살대는 한 권의 추억,
조심스레 비좁은 가슴 자락에서 꺼내어
이제 저 너른 세상 속으로 떠나보내려 합니다.

조금은 상반된 생각을 가졌다 하더라도
때로는 은은하게 마주 볼 줄도 알아
비록 많은 것을 갖추진 못했어도
적당히 비어 있어 더없이 홀가분한 행복을
정갈하게 누릴 줄도 아는 한 줄기 청아한 물빛 삶이기를
소망하며
오늘 이 척박한 땅에 뿌리는 한 줌 사랑의 씨앗이
한 떨기 장다리꽃으로 다시 피어나 단단히 여무는 그날까지
비바람 눈보라 벗 삼아 끝없이 정진하겠습니다.

2010년 여름 둔치에서

원명옥

c·o·n·t·e·n·t·s

1 철부지 아내의 행복

마음 아픈 걸 알아가는 나이 · 11 | 참 사랑이란 · 12
장다리꽃 · 13 | 진하게 우린 차 한 잔 · 14
오빠 · 16 | 갈 수 없는 나라 · 17 | 철부지 아내의 행복 · 18
내 마음의 뜨락 · 19 | 남편은 동물애호가 · 20
오이지 · 22 | 그대와 나 · 23 | 그대 빈 뜰에 흰 눈으로 내리는데 · 24
어떤 기다림 · 25 | 강가에 앉아서 부르는 노래 · 26 | 아들에게 · 28
신이 내린 여자 · 29 | 비와야 폭포 · 30

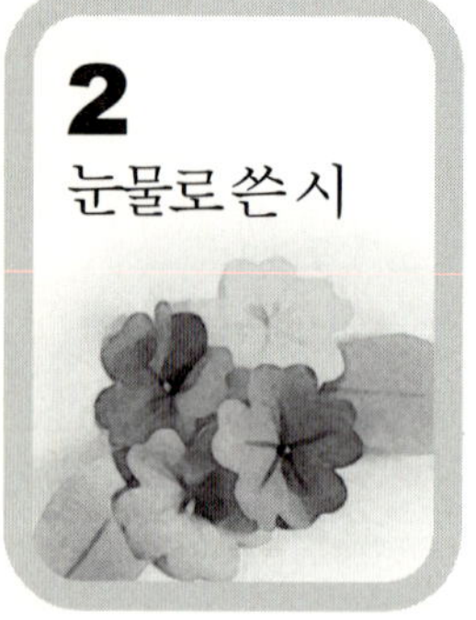

2 눈물로 쓴 시

홀로 꽃길 걷다가 · 33 | 이대로 헤어진다 해도 · 34
외로움은 기적소리와 함께 온다 · 35
닭둘기 · 36 | 누룽지 · 37 | 내가 쓰는 노트 · 38
눈물의 쪽지 1 · 39 | 눈물의 쪽지 2 · 40
눈물로 쓴 시 · 42 | 내가 좀 더 슬프고 외로워지는 이유 · 44
그리운 이 그리운 날 · 45 | 계절과 계절 사이 · 46
아가미가 아프다 · 47 | 가슴 속에서 자라는 분화구 · 48
도시의 가로등 · 50 | 서울역 창구에서 · 51
별이 진 자리에서 솟구치는 눈물 · 52

3 나의 꿈 나의 사랑

일월의 첫날 꼭 만나고 싶은 사람 · 55
이 세상에서 가장 먼 곳에 있는 내 마지막 사랑이여 · 56
우리 사랑 바로 그런 거라고 · 57
우리 이제 그냥 이대로 가난한 사랑을 하자 · 58
내 흐린 기억에 비는 내리고 · 59 | 내가 또 다른 나였더라면 · 60
친구에게 · 61 | 나의 꿈 나의 사랑 · 62 | 깡통 소리 · 64
음악에 1 · 66 | 음악에 2 · 68 | 음악에 3 · 70
음악에 4 · 71 | 음악에 5 · 72 | 음악에 6 · 74
음악에 7 · 75 | 스물 즈음에 · 76 | 맨드라미 사랑 · 77

4

**밤이면 밤마다
이별하는 여자**

이별 후에 1 · 81 | 이별 후에 2 · 82
늦은 저녁 그대 창가에 비는 내리는데 · 83
영혼의 스폰서 · 84 | 내 그리움의 철망너머에는 · 86
그리운 사람에게 · 87 | 그림자 사랑 · 88 | 할머니 · 90
그리운 것은 때가 되면 떠나간다 · 92
시를 쓰며 산다는 것 그것은 · 93 | 빗자루와 쓰레받기 · 94
미안하고 고맙고 그리고 또 그리고 · 95 | 묘약 · 96
목련꽃 피던 날 · 97 | 사랑하며 살 수 있다면 · 98
밤이면 밤마다 이별하는 여자 · 100

5

**말라가는
화분에게
말을 건네며**

말라가는 화분에게 말을 건네며 · 103 | 완두콩의 자식사랑 · 104
누군가에게 서서히 잊혀져 간다는 것은 · 106
그대가 나는 이런 사람이라면 좋겠어 · 108 | 호박 · 110
그대 행여 마음 아프거든 · 111 | 고춧가루 · 112
겨울 연가 · 113 | 상처가 상처에게 · 114
싱글벙글 김밥 싸는 날 · 116 | 삶이란 · 117
사랑을 위하여 · 118 | 버려진 화분이 내민 손 · 119
겨울 낙서 · 120 | 겨울 냉면이 따뜻한 이유 · 122
내게 있어 그대는 · 124 | 맨발로 여름나기 · 126

〈서평〉 분화구의 갈등과 통증의 표출 – 손희락 · 127

1

철부지 아내의
행복

선무당도 못 되는 햇병아리
시인의 서방님답게
타박은 고사하고 추워서
안 된다며 자신의 이불까지
다독거려주는 사람
아, 아직도 나는 철부지 세상
둘도 없는 행복한 아내였다

· · · · · 나의 꿈 나의 사랑

마음 아픈 걸 알아가는 나이

이다지 아프고
모질도록 힘든 건지
예전엔 미처 알지 못했다

무엇 하나
보여주지 않았고
어느 누구
말해주지 않았다

이제야 알아간다
내 나이 마흔 무렵에야

참 사랑이란

무조건 참아야 하는 것
그건 이미 아니죠
아프면 아프다고
힘들면 힘들다고
말할 수 있는 것

어느 날 그대가
못 견디게 힘들어서
떠나가야 한다면
행복하길 바라며
보내 줄 수 있는 것

넘치는 게 사랑인양
속으로만 나무라고
겉으로는 잘했다며
달콤한 포장으로
속삭이진 마세요

이성으로 판단하고
겸손으로 인정할 때
그게 바로 고귀한
참사랑이 아닐까요

장다리꽃

아이의 발자국은 가위 바위 보
섬돌의 햇살이 술래 청하니
금잔화 웃음꽃 벙그러지고

봄 마중 나왔던 배추속대엔
그리움 조잘 조잘 얼비추는데
흰 나비 재담꾼 찾아들더니
이슬저고리 바람치마 차려 입고서
장루*마냥 섬벅 일듯 솟아올랐네

*장루 : 군함의 돛대 위에 꾸며 놓은 대

진하게 우린 차 한 잔

가시광선 밖 세상 짚불 마냥 허전해도
계절은 순환을 재촉하는 어느 날
한 나절 봄비를 손님인양 반기며
잊혀질 두려움으로 검붉게 솟아올라
존재를 부각시키고 있는 편도(扁挑)를 달래보는데

솟을 대문을 우롱이라도 하듯
한발 더 높은 곳만 예찬하다보니
날마다 외형만 키우기에 급급한 나머지
굽어 살피는 것 따윈 말끔히 잊어버린 도시의 슬픔이
빨간 띠를 두른 고지서 마냥 섬뜩하기만 하다

간만의 차이로 희비가 엇갈리고
한입거리도 못 되는 먹이 앞에선
이내 공격적으로 돌변하고 마는 불가사리 마냥
길지도 짧지도 않은 하루의 여행을 위해
황사 날리는 거리를 활보하다 어디론가 빨려들고 있는
사람들

별과 달이 비껴간 은근한 그 자리에
끊어질듯 앙상하여도 쉽게 꺾일 줄 모르고
지치도록 하늘거려도 결코 날리지 않는
진초록 희망의 무지개가 행복의 구호마냥 걸리는 날
아주 진하게 우린 차 한 잔으로 내 오랜 해갈을 꿈꾸고
싶다

오빠

영원한 친구
빛바랜 추억
불변의 믿음
한 편의 시
끝없는 그리움이며

따뜻한 아랫목
내 영혼의 쉼터
내 삶의 버팀목
내게 있어 오빠는
영원토록 꺼지지 않는 희망의 등불이다

갈 수 없는 나라
– 아버님

먼 하늘 당신의 나라
오늘 더 높아 보입니다
누구라도 외로울 수 있는
가을비 내리는 날
그리움으로 오늘을 맞습니다

당신의 인생에서
가장 행복했다던 당신
저 역시 그 어느 때보다
행복했었다고 말할 수 있는
고귀한 선물을 주고 떠나신 아버님

언젠가 가게 될
아직은 갈 수 없는
당신의 나라가
허기지게 그리운 그런 날입니다

철부지 아내의 행복

함박눈 흩날리는 밤
소녀마냥 터질듯 부풀어 오른 가슴
헤픈 웃음 끌어안고 한 장 쪽지 잠 청해본다

자는 둥 마는 둥
첫 알람 소리를 붙들고 일어난 남편
눈이 많이 내렸네 하며 한 마디 전하는데

비몽사몽 꿈속을 헤매던 나는
눈 위에서 자고 싶다 하고
너무도 솔직하게 다 말해버리고 말았던 것

안 봐도 훤하다
어이를 상실했을 남편의 표정
새벽 눈길에 걱정이 태산이었을 터인데

선무당도 못되는 햇병아리 시인의 서방님답게
타박은 고사하고 추워서 안 된다며
자신의 이불까지 다독거려주는 사람
아, 아직도 나는 철부지 세상 둘도 없는 행복한 아내였다

내 마음의 뜨락

내 가슴속 파리한 우물가에는
언제나 온화한 소망으로 번져나는
한 줄기 아련한 메아리가 있다

비 내리다가 눈이 날려도
함께 머물다 홀로 남아도
허전하거나 쓸쓸하지 않은 그 이유다

하늘 낮은 날에도 새는 지저귀고
발목 깊은 밤에도 어둡지만은 않아
내 마음은 언제나 눈부신 솜털 한 무리 구름과도 같다

해가 스러지면 별이 에워싸는
내 마음의 뜨락 저 건너편에는
긴긴 세월 지칠 줄 모르는 천상의 멜로디가
힘차게 울려 퍼지고 있었기에

남편은 동물애호가

복도식 아파트
우리 집 현관 앞은
남편전용 끽연실이기도 하다

식후에 숭늉 찾듯
숟가락 놓기 바쁘게 드나들어도
예삿일로 여겼더니

어느 날부터인가
냉장고에 넣어둔 소시지가
하나둘씩 사라지곤 하는 거다

아이들이 날것으로 먹을 리는 만무한 일
걷잡을 수없이 증폭되는 의혹 속에
최종물망에 오른 남편

요즘 들어 유난히 길어진 꼬리
결국 밟히고야 마는데
팔 걷어붙이고 진상규명 외쳐대는 내게
적반하장 큰소리치는 간 큰 우리 집 남자

담장 아래
새끼 세 마리 홀로 부양하고 있는 어미고양이에게
마음 주고 있었던 것이라고 자백하기에 이르는데
조강지처 몰래 고양이와 정분난 지아비
정상을 참작해서 선처를 바란다지만

지난날의 과오 모두 다 뉘우치고
동물애호가로 거듭난 남편
불문곡직(不問曲直)하고
용서해 줘야 하는 건지 말아야 하는 건지……

오이지

요맘때면
오이지 담그기에 시기적절 하다

지나치게 클 필요조차 없기에
비만도가 높은 것은
오히려 찬밥 신세 되고 만다

너도나도 마른 사람 흉내 내는 세상
모딜리아니마냥 갸름하고 아담한 용모
단연 일순위로 간택되기 마련이다

펄펄 끓는 소금물로 목욕재개
정신 번쩍 들고나면
지체 없이 머리 조아리고 낮은 포복 임하는데

분별없이 헛물 켰던 시간들
모두 녹아내리고
쪼글쪼글 안팎으로 주름진 얼굴

고뇌 속 일 계급 특진 다시 태어나는 날
외모지상주의 만연한 세상 당당히 맞서
온몸으로 항변하고 있다

그대와 나

준비 없는 마음에
첫 발자국 내디뎠지

처마 끝 고드름이
밤을 견뎌 커가듯이
평생 안고 가자 하던
가슴 속 바위 하나
이끼 푸른 설움인 걸

돌이킬 수 없는 시간
회상하면 눈물인데
뭍에 나온 바람인양
낯설어도 반가워라

서로 다른 지붕 아래
지금의 반평생을
말로 어찌 다 못하니

첩첩이 아득해도
천리 가는 심정으로
다져보는 이 마음

그대 빈 뜰에 흰 눈으로 내리는데

힘들 땐 힘든 모습
모두 보여주어도 흉 되지 않고

아프면 아프다 무엇 다 말하고
짐 되지 않으며

울고 싶을 땐 지치도록 울어도
목마름 없는 그런 세상없는 걸까

인간으로 묻어 산다는 것
형벌인 듯 여겨지는데

약속 없는 만남
기약 없는 이별
무심으로 가는 세월 뒤엔
무엇으로 남을 런지

눈물로는 쓸 수 없고
침묵으로도 전하지 못한 마음이
그대 빈 뜰에 흰 눈으로 내리는데

어떤 기다림

오전 내내
하늘을 올려다보았다
벅차게 그리운 누군가가
은근히 기대어 올 것만 같아

종일토록
왔던 길을 걷고 또 걸었다
뭉툭하게 오래된 얼굴 하나
초조하게 차오를 것만 같아

알 수 없는
어떤 기다림이
맑고 투명한 나의 하루를
송두리째 삼켜버리고 말았다

강가에 앉아서 부르는 노래

그 어느 날 부터인가
내 고운 목소리에는
사계절 내내 검푸른 이끼가 무성하고
시뻘건 녹물이 마를 날 없었다

내 작은 꿈의 보퉁이를
끝까지 끌어안지 못한 채
수수방관하며 무책임하게 놓아버린 죄
그 깜깜한 형벌을 달게 받아
뒤로 남아있어 앞으로 다가올 날들
이 한 몸 오직 벙어리로 살겠노라
하늘과 땅 사이에서 굳게 맹세하였기에

세월의 바퀴에 이리저리 흔들리며
불혹의 문지방을 성큼 넘어선 지금
홀로 찾아온 이 강가에서
나도 모르게 나는
이미 오래전 기능을 상실한 나머지
딱딱하게 굳어버린 날갯죽지를 퍼덕여 가며
저 끝도 없는 수평선 위를 훨훨 날아오르고 있다

하지만 지금 울려 퍼지는, 이 음(音)의 선율은
이제 더 이상 노래라고만은 불릴 수 없는
파란의 세월 거친 인내를 녹여 걸러낸
내 뜨거운 심장의 차디찬 눈물이었다

아들에게

서두름이 없어도 부지런하여
마음의 여유를 가진 너였으면 좋겠다
매사 신중하여 함부로 말하지 않으며
듣는 것 보다 보는 것에
시간을 할애할 줄도 알며
때론 먼발치에서 바라볼 줄 아는
맑은 눈을 가진 그런 사람이었음 좋으련만

가슴은 따뜻하고 마음은 푸근하여
차가운 머리로 행동은 민첩하고
용서와 화해로 포용할 줄 아는 그런
지혜를 가진 사람이면 좋을 텐데

물질의 부를 채우기에 앞서
마음의 풍요를 거둘 줄 알아
섬기며 사는 행복도 누려가며 더불어
인생의 멋과 풍류를 적절히 즐길 줄 아는 너
사랑하는 아들 바로 네가
그런 사람이었으면 좋겠구나

신이 내린 여자

보여지는 모든 사물
들려오는 모든 소리
다가오는 모든 인연
티끌만한 감정들 쌓이고 또 쌓여서
말이 되고 씨가 되어 시로 다시 거듭난다

윤기 나는 한 술 식탁을 외면하고
최소한의 생명유지를 위한
한 모금 수액마저 완강히 거부해도
차라리 시장기 따윈
거꾸로 돌고 도는 시계추에 불과하다

복잡한 아스팔트 사뿐사뿐 누비거나
호젓한 사이길 콧노래로 걸을 때는
지그시 눈을 감고
동그랗게 웃어 봐도
마음속엔 오직 한 줄 시어 밖에 떠오르질 않는다

우산을 지붕삼은 어둠 늦은 한 밤에도
머릿속엔 별이 총총 떠다니고
꽃가루가 화창한 여명 이른 새벽시간
가슴 속은 억수장마 산사태가 쏟아져도
나는야 신(神)이 내린 행복한 여자

비와야 폭포

햇살 부서지는 도심의 오후
그 빛 바라보다 눈감으니
어릴 적 산마을 계곡
꿈에 그리던 폭포가 있다

단발머리 아홉 살 소녀였을까
바위 틈 그늘에 앉아
뙤약볕 피하고 있을 때
빨간 산딸기 속삭이며 전해줬지

사흘 밤낮
비 내려야 물 흐르고
낙차 무지갯빛 물보라 나타난다고
전설처럼 전해오던 산골 이야기

비와야 폭포
어느 누가 고운 이름 지어줬을까
모진 풍파 견뎌내던 너를 그리며
마흔 굴절된 삶의 노를 다시 젓는다

2

눈물로 쓴 시

마음의 열병으로
온 심장이 재가 되고
삶의 그네 위에 발목이 휘청여도
폭풍눈물 꾹꾹 삼켜가며
소금알갱이로 걸러낸 한 보시기
쓴물을 토해낸다
세상에서 가장 맑고 간결한 언어
눈물로 쓴 시를……

· · · · · · 나의 꿈 나의 사랑

홀로 꽃길 걷다가

외람된 바람의 묘사
정지된 풍경 속 정물
쉼 없는 사랑의 파동
일사불란 어우러져
덩실덩실 찰랑대는 봄밤의 향연

파도에 실려 오는
검푸른 고동소리
핑크빛 나래 속에
상긋한 피리소리
경사진 이 가슴에 벨이 울린다

웃음 분수 치렁치렁 자지러지면
차양마냥 둘러친 달콤한 꽃길
그림자 짙어지고 나 홀로 걷다보니
밤하늘 별로 핀 서러운 그대 모습
목숨 터진 나무 아래 망부석이 되었네

이대로 헤어진다 해도

아픈 눈물도
슬픈 가슴도
가까이 말자

짧은 언약도
굵은 맹세도
맺지를 말자

세월 흘러도
강산 변해도
잊지는 말자

만남 위한 이별
이별 위한 만남
이미 뻐근한 숙명인 것을

여기 두 사람
영영 이별이라 해도
마음에 한 점 흠집 내지 말자
그림자초차도 흔들리지 말자
설령 우리가 이대로 헤어진다 해도

외로움은 기적소리와 함께 온다

떠나는 자 얄팍한 가면 뒤에 누워 웃고
남겨진 자 등 돌린 처마 아래 서서 우는데
사소한 시비로 그려지는 희비의 쌍곡선

섬세한 삼각자로 가늠해 놓은 저 산마루에도
충혈된 기억의 동공이 흔들리듯
소리보다 정직하고 날렵한 눈빛 언어의 진실만큼
식어 가는 가슴속 응고를 기다리는 허욕의 강물은
한마디 푸념으로도 섞이지 못한 채
덤불 속에 엎드린 마른 낙엽마냥 들썩이고 있는데

돌아보지 않는 세월
그 황혼의 이력서 위에 엎드린 한 장 나붓한 사진처럼
삶의 허파를 관통하는 통한의 눈물이 소용돌이쳐오면
외로움은 아득히 먼 그곳 아주 작은 기적소리와 함께
온다고……

닭둘기

한적한 놀이터
꼬마포졸들의 함성이 진을 치던 자리
한 떼의 비둘기들 신선놀음 한창이다

거듭된 도전으로 안착에 성공은 하였으나
언뜻 보기에도 제대로 사육된
영락없는 한 마리 닭을 연상케 하는 거다

싹둑한 쥐똥나무에 올라 앉아
뒤뚱뒤뚱, 수다를 소일(消日)삼아가며
언제부턴가 닭둘기라는 오명을 둘러쓴 채
이손저손 주는 대로 받아먹다 보니
기하급수적으로 늘어나버린 포화 세포들

아, 그 누가 저들을 평화의 상징이라 하였던가

폭식과 권태의 그늘 아래
날지도 못하는 새로 전락한
비운(悲運)의 주인공이 웬 말이란 말인지
눈 비 섞어 내리는 오늘
원인과 결과를 논하기엔 이미 늦은 날이다

누룽지

건조한 프라이팬
찬밥 한 공기
누룽지 만들며
아프도록 웃고 싶은 날

모난 마음 숨긴 채
선한 얼굴로 단정하게
자리 잡는다

세상시름 내려놓고
가지런해지려는
인내의 고단한 숨소리

구수한 숙성의 내음
모란꽃김*인양
욕심 한 덩어리 태운다

*모란꽃김 : 모란처럼 화사한 기운

내가 쓰는 노트

희뿌연 눈물 맛이
어른어른 우러나고
시크무레 설익은 체취가
책장마다 펄럭인다

잔뜩 흐린 저녁나절
내가 쓰는 노트에서
쌍무지개 피어나면
해묵은 소망의 싹
풋풋하게 꿈틀 대고

화창한 어느 봄 날
한바탕 천둥번개 지나가면
무더운 여름날엔
오소소 소름이 돋아난다

내가 쓰는 노트
그 세월의 뒤안길엔
염전바닥보다 쓰고 매운
적갈색 고뇌가 자라나고
외로운 여행자의 슬픈 사연 먼 바다로 흘러간다

눈물의 쪽지 1

4월의 첫날
어느 누가 잔인한 달이라 하였던지
여느 때와 별반 다를 것도 없었던 난
무심코 컴퓨터를 켜다말고
왈칵 눈물을 쏟아 내느라 정신을 못 차리고 있다

늦은 밤
길 건너 사는 친구가 남긴 한 장의 쪽지
그리 뜨거울 것도 없는 가슴에
연거푸 빙수를 들이킨 것 마냥
손발이 오그라지는가 싶더니
사시나무라도 된 듯 덜덜 떨리기 시작한다

눈물의 쪽지 2

근 이십일쯤 못 보았건만
일 년 전에나 본 것 같은 그녀
계속되는 경기 침체 속에
남편의 사업이
많이 힘들어졌다는 소식을 접하면서도
한 줄 희망의 끈을 조여 가며
어떻게든 좋은 쪽으로 해결되기만을
간절히 빌어 왔건만

결국 모든 걸 정리하기에 이르렀고
힘들게 이사를 결정한 것도 모자라
도저히 믿기 어려운 충격 속에
하반신 마비까지 감당하고 있다는 그녀
일생 가장 어려운 고비를 겪어가면서도
미안하고 고맙고 사랑한다고
번들번들 눈물의 쪽지를 남겨 놓았다

걷잡을 수 없이 흘러내리는 슬픔
질척질척 물기가 묻어나는 손끝으로
아무것도 도울 수 없어 미안하고
힘든 시간 견뎌가며 소식 줘서 고맙다고

끝으로, 결의에 찬 다짐과도 같은 한마디 말
친구야 우리 힘내자
뭐든 잘 해낼 수 있을 거라고 믿어보자
회백색 콘크리트마냥 창백한 그녀에게
얼룩덜룩 아롱진 쪽지 한 장 고이 접어 보내본다

눈물로 쓴 시

가슴 몹시 저리고
혈관마저 충혈 되어
전신에 통증이 퍼져 올 땐
처방전 대신 종이를
알약대신 한 자루 펜을 들고
불거진 상처를 보살핀다

앉지도 서지도 못한 채로
한 마리 방황하는 나방마냥
생각의 머리채를 휘어잡고
본 듯 못 본 듯
알듯 모를 듯 단어들을 쫓아
지푸라기마냥 떠돌다 몸을 낮추면

시간의 걸음 뒤로
단출한 하루가 지나가고
눈물 얼룩 걷힌 자리
세월의 쭉정이 차오르면
화덕 같은 내 아픔도
서서히 붉은 화농을 밀어 낸다

마음의 열병으로
온 심장이 재가 되고
삶의 그네 위에 발목이 휘청여도
폭풍눈물 꾹꾹 삼켜가며
소금알갱이로 걸러낸 한 보시기 쓴물을 토해낸다
세상에서 가장 맑고 간결한 언어 눈물로 쓴 시를……

내가 좀 더 슬프고 외로워지는 이유

석류가 익어가는 계절
다홍빛 뾰족한 입술 끝에
그리움으로 삭혀낸 고독의 밀어가 알알이 흩어지면

쓸쓸한 사람들은 하나둘씩
잃어버린 나를 찾아
저마다의 아픈 추억을 들쳐 업고 밤기차에 오른다

가끔씩 고단하고
때때로 애달픔으로 젖어드는 가슴이야
전생의 업 그 그늘진 물기라 여기면 그만이겠지만

목 놓아 울어 봐도
쉽사리 덜어낼 수 없는 마음의 얼룩은
갯벌에 남겨진 은회색 설움마냥 흐려진 기억인 것을

이 계절 내가 좀 더 슬프고 외로워지고 싶은 이유는
조금은 어두워도 균등하게 스미는 침묵 안에 머무를 때
비로소 남을 위로해 줄 수 있는 한 줄의 시가 나오기 때
문이다

그리운 이 그리운 날

침묵은
반드시 어둠이 아니어도 무거운 것이며
이별 그것은
바스러질 낙엽의 꿈만큼이나 쓸쓸한 추억인데

그리움이란 빛바랜 한 장의 엽서처럼
햇살마냥 나부끼다 비 되어 흐르는 것
신록이 실족(失足)한 이 거리엔
흉골 드러낸 잿빛하늘 탈진으로 드러눕고

그리운 이 그리운 날
흑백필름 속 무른 기억 눈물로 일렁이는데
잊은 듯이 어제를 닮아가고 있는 내가
그을린 얼굴로 추억의 밭이랑을 더듬고 있다

계절과 계절 사이

바람이 지나간 자리엔
서러운 사연만 빼곡하고
사람이 흘러간 자리엔
그리운 흔적만 쓸쓸한데

밀고 당기다 넘어지고
쫓고 쫓기며 돌아보니
불빛 가파른 언덕너머
막다른 골목길엔 구수한 행복이 파다하다

움트는 살갗 위로
이끼마냥 눈발은 피어나고
올 풀린 강물 위 두리둥실 경건한 입맞춤은
돌고 돌아 복사빛 꽃그늘로 짙어 가는데

한숨이 머물렀던 벤치마다
콧날 시큰한 그림자가 서성대는
눈물 멍든 해후의 시간
계절과 계절 사이 저 투명한 물빛 오솔길엔
엄지 검지 약속손가락 사이에 걸린 봄빛 소망이 상큼하
게 스며들고 있다

아가미가 아프다

눈을 닦고 살펴봐도
온데 간데 흔적 없고
귀를 열고 엎드려도
메아리는 떠났는데

하늘만 쳐다봐도
눈물이 솟구치고
강물만 바라봐도
가슴팍이 갈라진다

심호흡을 삼켜봐도
마음문은 잠겨 있고
보폭을 넓혀봐도
그 자리가 그 자리다

소리 없이 피는 열꽃
흔적 없이 지는 상처
인생길 돌아보며
터벅터벅 걷노라면
숨어 우는 솔개마냥
아가미가 아파온다

가슴 속에서 자라는 분화구

사람들은 나를 보고
도대체 어디에서
그 많은 시(詩)들이 쏟아져 나오는 거냐며
두 눈을 반짝이며 물어온다
그럴 적마다 나는
더없이 궁색한 답변으로
얼버무리는데 바빠 허둥대곤 하였지만
한 방울 투명한 눈물 같은 나의 시는
바로 이 작은 가슴
그 한가운데서 나오는 거라고 진작부터 말해주고 싶었다

남다를 것도 없이 협소하기만한 나의 폐부(肺腑)
좁다란 명치끝 한복판에는
쥐도 새도 모르게 조금씩 자라나고 있는
작은 분화구가 하나있어
시를 쓸 적마다 실로 엄청난 통증을 수반한 채
텅 빈 여백을 빽빽이 채울 수 있게끔
한 다발 채찍과 당근을 안겨주곤 하는 것이다

하지만 어느 날 부터인가
그 혹독한 통증마저 천상의 축복으로 감내해 가면서

세상 그 어떤 부귀영화도
더 이상 부러움의 대상이 될 수는 없었다
한 줄 아픔의 덩어리를 풀어 녹여가는 사이
더 이상으로 간결할 수 없는 행복의 진가를
표현불가, 몸서리치는 전율과 함께 맛볼 수가 있으므로……

도시의 가로등

유람선 발자국 따라
어스름 땅거미는 짙어가고
젊은 연인들 이마에 반듯한 언약인양
아기자기 다정다감 별이 빛나면

온기 나누며 속살대는 텅 빈 의자 하나
손짓 발짓 온몸으로 불러대고
앞서거니 뒤서거니 사랑의 비눗방울
찰나를 못 견디고 스러지는데

총총히 다가오는
한 켤레 인연의 하얀 장갑
뚜벅뚜벅 멀어가는
한 장 이별의 노란 손수건

꿈꾸고 피고 지는
세상 모든 것들도
도시의 가로등 그 온화한 가슴 앞에 서면
한 가마니 절창의 시가 되어 온 누리에 쏟아진다

서울역 창구에서

계절을 앞서가는
소매부리를 단정하게 매만지며
설익어 두근대는 가슴 지그시 눌러놓고
힘에 겨운 용기로 주변을 둘러보니
저마다 어디론가 실려 갔다
어디선가 묻어오는 사람들
그 팔꿈치에 밀려 문이 열리자
눈에 젖어 선명한 명패 하나
다소곳한 책상 모서리를 바라보며
오금을 접은 채 새까맣게 질려 있다

유리알마냥 반짝이다
흐려져 간 시간의 넋두리는
만개한 축복 속에 갇혀 있고
그 앞에 못이 박힌 회환의 굳은 어깨
휘둥그레 눈을 뜨고 물어오는데
나는 오늘 서울역 그 낯선 창구에서
검붉은 세월의 두꺼운 흔적들을
말끔하게 씻어내고
헐거워져 어긋난 세월의 나사를 바로잡아
머리끝에서 발끝까지 바짝 당겨 조이고 돌아왔다

별이 진 자리에서 솟구치는 눈물
- 故 김수환 추기경님 선종에 즈음하여

어둑어둑 침침한 밤거리에
술렁술렁 은은한 찬사가 빗발친다
애도의 물결 넘쳐나는 성벽 귀퉁이 기대서서
눈감고 손 모아 고결한 역사의 어둠을 밝히는 사람들
서로 사랑하자고
다시 시작하겠다고
다독다독 시린 어깨를 보듬고 발등을 부비고 있다

거룩한 바보에서
이 시대의 선구자로 회자되며
험난한 가시덤불 맨손으로 헤쳐 가며
외진 골짜기 언 눈을 녹이던 한 줄기 고요한 음성
간절하게 꿈속에서나마 들을 수 있을는지
기도로 눈을 뜨고 기도로 밤을 새던 스테파노 당신의 고
뇌로 척박한 이 땅에 목숨과도 같은 복음전파 이루셨으니
이제 그만 저 하늘 큰 별자리에 누워 편히 영면하소서

별이 진 자리에서 솟구치는 뜨거운 눈물이
남겨진 자들의 흔들리는 머리칼 위로
한줄기 생명수인양 촉촉이 스며드는 저녁
설령 그것이 예고 없는 찬비라 할지라도
지금 이 세상에는 그 어느 누구도 이 사랑의 빗물을 피
할 사람이 없다

3
나의 꿈
나의 사랑

간절한 가슴 언저리
꽁꽁 묻어두고
운명처럼 시인의 길을 걷고 있는
아픈 세월 속 그때 그 소녀에게
이제 더 이상 원망 따윈
존재하지 않는다

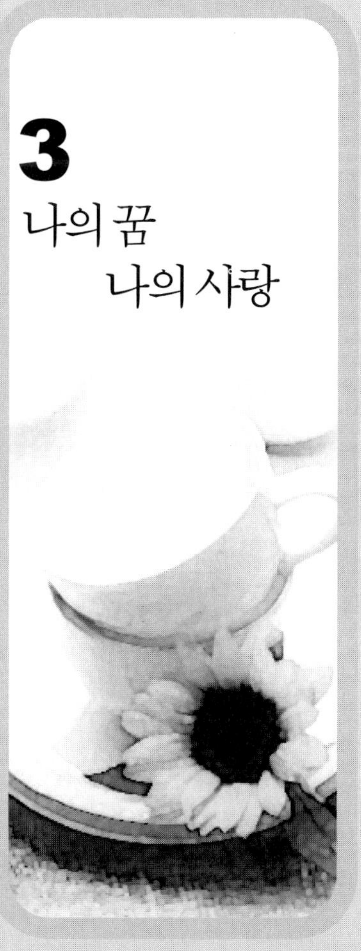

• • • • • 나의 꿈 나의 사랑

일월의 첫날 꼭 만나고 싶은 사람

눈부신 새해 일월의 첫날에는
꼭 만나고 싶은 사람이 있다
매끄럽게 빛나지 않아도
밤낮없이 투박한 정이 샘솟아
속 맑은 인내를 꾸릴 줄 아는 정결한 사람

가마에서 익혀낸 기다림의 온도보다
적당한 두께의 종이컵에서 전해오는
그윽한 차 한 잔의 온기로
심장 저 깊은 곳까지 덥힐 줄 아는
소박하여도 멋을 아는 유순한 사람

때론 살기 바쁘다 묻어 두었던
빛 낡은 한 권 일기장을 꺼내들고
그리운 얼굴은
그립다 그립다고 망설임 없이 말하고
보고픈 사람 있거들랑 투명하고 담백하게
보고 싶다 보고 싶다고 외칠 줄도 알아
추억 탑 기억 탑 어울러 돌아볼 줄 아는
순수의 향기가 사무치는 귀한 한 사람
일월의 첫날 어느 마음 착한 오후에는
진정으로 이런 사람 꼭 한번 만나고 싶다

이 세상에서 가장 먼 곳에 있는
내 마지막 사랑이여

이 밤도 별들은 저리 쏟아지는데
먼 곳에 있는 그대여
지금쯤 당신의 하늘에도
저 소박한 참사랑이 알차게 영글고 있는지

빗소리 굵어지는 여름밤이면
그대 그 작은 창가를 떠올리다
세찬 바람 불어오는 초겨울 새벽녘엔
해맑은 당신미소 차가운 달빛 속에 띄워봅니다

가감 없이 비탈진 산자락에
바위마냥 멈춰선 내 사랑하는 사람아
마지막 동강*마저 녹아내려 풀꽃내음 진동해도
정녕 미동조차 없는 과묵한 한 사람

날마다 열리던 하늘문도 꽉 닫히고
곁에 머물던 인연 모두 다 떠나가도
오직 한 사람 당신만을 믿고 또 믿습니다
이 세상에서 가장 먼 곳에 있는 내 마지막 사랑,
그립고 안타까운 그대 그 이름이여

*동강 : 강원도 영월지역에 있는 강

우리 사랑 바로 그런 거라고

보고픈 사람
잊혀 질 성 싶어
먼발치서 바라보고 돌아설 때면
나도 모르게 왔던 길 되돌아가게 하는 사람

그리운 이 그리다
지쳐 쓰러져 누웠다가도
귀에 익은 목소리 들려오면
먼지처럼 털고 일어나 달려가 안기고 싶은 사람

내가 그대를
그대는 나를 구속치 아니하며
이대로 그 마음 변치 않을 수 있다면 좋겠는데

귀하고 아름다운 모든 것들은
고난 속에 피는 한 송이 꽃과도 같은 것
세상에서 가장 소중한 이름 그대여

서로가 서로에게 마음의 짐 되지 않으며
누가 누구에게 결코 예속되지 않아도 아름다울 수 있는
우리 사랑 바로 그런 거라고 언제까지나 믿을 수 있다
면 좋을 텐데……

우리 이제 그냥 이대로 가난한 사랑을 하자

메마른 대지에
비는 내리는데
사랑하는 사람아
네게로 가지 못하는 이 마음
오늘도 징검다리 위에 서서 하늘을 본다

가로수 그늘 외로운 밤
별은 저마다의 자리에서
가슴을 여미고 있는데
어느 길목 잠시 머물지도 못하는 난
허공으로 날아올라 한숨으로 부대끼고 있다

새벽이 되어서도
그저 잿빛 침묵의 섬으로
홀로 남겨져 있을 뿐인데
사랑하는 그대여
우리 이제 그냥 이대로 가난한 사랑을 하자

내 흐린 기억에 비는 내리고

내 슬픈 눈물 속 두런이는 바람소리
담장너머 가는 세월 허공 속에 어릿하고
부슬부슬 가는 비는 비설거지 재촉한다

사시장철 푸르러도 가슴자락 빙벽이고
소음 속 무뎌진 귀 가식으로 닳은 입술
지치도록 외쳐 봐도 슴벅이는* 아픔인 걸

묵향 날리는 저녁
나이 먹은 은행 열매 가슴 앓고 누웠는데
내 흐린 기억에 비는 내리고
비탈진 섬 그늘 사공의 노래 하늘로 하늘로 날아오르네

*슴벅이는 : 눈꺼풀이 움직이며 감겼다 떠졌다 하는 모습

내가 또 다른 나였더라면

기적소리 노루잠 내어주고서
홀연히 막차라도 타고 싶어도
도리질로 휘청 이며 뒤돌아서는
마음 고픈 방랑자 내가 미웠다

만삭의 항아리 기침이었나
명치끝에 거꾸로 선 그리움 앞에
쉽사리 떠나지도 못하는 나는
눈물 얼룩 노을 걷어 지우던 날엔
용기 없는 나를 멀리 떠나보냈지

늦 매미울음 뒤 갈바람소리
지난날 오늘 내가 있었더라면
모진마음 등지고서 살았을 텐데
내가 또 다른 나였더라면
그리 먼 길 보내지는 않았을 것을

친구에게

어느 해 사월엔가
살구꽃 지던 날
꽃신 신고 날아든 너

기나긴 세월 지나
안개 뒤의 모습으로
음성만은 세월 잊어
기억만큼 어지럽다

너를 놓아주고도 숱한 가을 야윈 손목
관객 없는 무대에서 뿌리친 척 연극하며
밤을 건넨 새벽에는 잊을 거라 다짐했지

꽃 무덤 위 바람처럼
신작로에 별이 떠도
마음은 지척이나 못보고 못 들으니
말로다 할 수 없네

어둠 속 돌다리 두드리고 건너듯이
갈 길은 아득해도
멀리보자 등대처럼

나의 꿈 나의 사랑

새콤달콤 내 어릴 적 소망은
백의의 천사도
춤추는 나비도 아닌
세상을 아름답게 노래하는
사랑의 꼬마 요정이었다
노래 잘하는 아이로
골목골목 무지개마냥 떠다니는 사이
유난히 말이 없었던 그 아이는
바다 빛 갈래머리 소녀로 자라나고
밤마다 꿈속에서 추억을 노래했다

소녀가 좋아하는 가을과 겨울이
몇 번씩이나 교차하였을까
바라보기에도 숨이 가쁜
현실의 가파른 계단을
절반도 채 오르기 전에
한번 펴 보지도 못한 여린 소망을
좌절의 무릎으로 억눌러가며
다시는 노래하지 않겠다고
눈물로 다짐한 그날 이후
묵묵히 앞만 보며 걷고 또 걸어야만 했다

어느덧 지천명의 문턱
붉게 물든 세월의 노을만이
아름답게 녹슬어버린 꿈과 사랑을
저 홀로 닮아가고 있지만
끝끝내 이루지 못한 꿈이라 하여
헌신짝마냥 던져 버릴 수는 없었기에
간절한 가슴 언저리 꽁꽁 묻어두고
운명처럼 시인의 길을 걷고 있는
아픈 세월 속 그때 그 소녀에게
이제 더 이상 원망 따윈 존재하지 않는다
작아졌다 멀어져가는 모든 것들을 온전히 사랑하며
거듭 감사 감사할 뿐이기에……

깡통 소리

도로 위 이리저리 구르는 깡통 하나에 사로잡힌 나

향상된 의식 수준이나
선진국형 도시 미관을 살펴보면
도심곳곳에 수거함까지 갖춰져 있는 요즘
달리는 차도 한 가운데
재생 가능한 자원을 버렸을 거라는 성급한 짐작은
누구에게나 부자연스러운 추측에 지나지 않는다

이유야 어찌 됐건
만신창이가 되어 가면서도
소음에 가까운 항변을 토해내며
비관적인 삶을 맞이하고 있는 하나의 깡통이
보는 각도에 따라 심리적 불안요소로 작용할 수도 있을
뿐더러
저마다의 눈살을 찌푸리기에도 충분한 일이다

쉴 틈 없이 차들은 오가는데
자포자기로 나 뒹구는 금속음
흘러가는 단순한 소음 이전에
그 어떤 이유 있는 절규는 아닐는지

전후좌우 무시하고라도 수습하고픈 심정
만용에 가까운 행동임을 잘 알기에 엉거주춤 못 본 척
가는 길

예외 없이 비어진 내 머리에도 가벼운 깡통 하나 요란
하게 흔들리고 있다

음악에 1
– 외로운 날

물에 젖은 솜이불인양
몸도 마음도 무거운
오늘 같은 날
무언가에 눌려 옴짝할 수 없다
비어진 위장으로
매운 고추를 넘겼을 때의
몽롱한 아픔이 가슴을 후리고
머릿속은 멍해지는데

어김없이 나는 또
너를 끌어안고 있다
눈을 감고 유년의
엷은 꿈속으로 빠져 든다
긴 구름 터널을 지나고
내 그리운 날의 오후가
흑백사진의 필름마냥
푸른 녹(綠)을 지나 돌아가고 있다

성치 못한 몸
치약 가셔낸 입속에
되살아난 통증이

뼈에 공포로 스며들듯
슬픔이 가슴에 녹아내린다

얼마나 지났을까
어느 먼 곳에 여행을 다녀온 듯
무엇이든 아득하게 느껴진다
가파른 능선을 홀로 오르는 듯
지독하리만치 외로운 날

음악에 2
− 너를 사랑해

밀어내면 밀어낼수록
안간힘으로 달려드는 널
그만이다며 껴안고 말았지
높은음자리를 알아가고
화음을 익혀 가던 어린 옛날부터
피붙이처럼 다가와 한 몸이 되었지

고독도 병이라며
지독한 슬픔이라며
부둥켜안고 가야 할
운명 같은 거라고
다짐하면서
나만의 성을 높이 쌓아 올렸지

이상한 건
오직 너에게 만큼은
가슴을 열게 되는 거야
마음의 빗장도 거둬들이게 하고
가식의 옷가지도 훌훌 벗어 던지고
정직해지고 싶어지는 건 무엇 때문일까

이미 오래전
내 안의 또 다른 나로
뿌리 내렸기 때문은 아닐까
어떤 비바람에도 견딜 수 있는
든든한 믿음의 뿌리를 말이야
결국 너의 포로가 되기로 마음먹었지

행복해진다
나를 포로로 묶어준 너를 생각하면
우리 작은 가슴만큼만 사랑하고
낮은 목소리로 속삭이자
고운 선율처럼
귀한 삶의 향기 나누며 오늘을 살자

모란이 피는 유월의 하루
빗물조차도 초록이고 싶어지는
오늘 같은 날이면
무작정 노래하고 싶어진다
힘든 세월 함께 와 준 너
너를 사랑해

음악에 3
– 너와 함께

잠들지 않는 한 너와 함께 하지
어쩌다 옛 노래라도 흘러나오는 날이면
이미 오래전 녹슬어 삐걱거리는 목소리로
한 소절 노래도 불러가면서
내 무료한 일상을 달래곤 하지

때때로 너로 인해 잊고 있던 절망의 언덕
오르기도 하면서
꿈과 멀리 떨어져 다른 세상에 와 있는 내가
길거리에서 처음 본 얼굴처럼
낯설고 어색하게 여겨지기도 한다

너로 인해 아파하고 그리워하면서
때때로 즐거워지기도 하는 난
평생 너를 보내지 못할 것 같다
너무나 익숙해져 고칠 수 없는 버릇인양
나는 오늘도 밥 대신 너를 불러
허기진 영혼 달래고 있다

음악에 4
– 네가 있어 고마운 날

정말이지
얼마나 다행한 일인지 몰라
몸이 무거울 때
마음에 스산한 바람이 일 때도
너는 내게
따스한 손 내밀어 주고

고단한 일상에 지쳐
무작정
거리로 뛰쳐나왔을 때에도
늘 한결같은 모습으로 맞아주는
네가 있어 나는 또 다시
제자리로 돌아올 수 있었지

얼마나 외로웠을까 네가 없었더라면
나는 오늘도 상처투성이로 돌아와
훈훈한 네 입김에 새살이 돋을 때 쯤
털고 일어난다
너로 인해 나의 존재를 확인하는 오늘은
정말 고맙고 감사한 날이야

음악에 5
– 비 내리는 창가에서

슬픈 음악이 흐른다
죽음보다 강한 의지로
다가오는 내일을 위해
비는 내리고
비에 젖어 가면서도 반짝이는
연둣빛 웃음은
여전히 아름답기만 하다

남다를 것 없는
절반의 삶이
뉘우침으로 절박한데
아직도 갈 길은 아득하고
유리창에 번져 내리는 빗물이
알 수 없는 아픔으로
뼛속에 젖어든다

늘상 버릇처럼
맑고 어진 삶을 살겠다고
다짐하면서도 돌아보면
담배연기마냥 탁한 모습으로
쓰러져 가는 자신이 위태롭기만 한데

어디로 어떻게 가야 하는 건지
아무도 알려 주지 않는다

누구도 대신 할 수 없는
나만의 삶이기에
꽃이 있고 푸르름이 녹아나는
이 아름다운 계절
그 한가운데 내가 있음을 행복이라 여기며
비와 음악이 흐르는 창가에서
세상을 바라볼 수 있음에 늘 감사하자

음악에 6
– 내 마음 속 까만 음표 하나

느릿한 황소바람만 술렁대는 거리
꺾어진 기다림 그 차디찬 뜰에 나서면
서걱서걱 시간의 평균대 위 초조한 일상들이
마름모꼴 긴 등불을 밝혀들고 길을 나선다

메아리도 지쳐 버린 공허한 들녘 멀리
눈 비 스며든 어깨 위 주름진 아픔과 같이
흐려진 푯말의 푸릇한 기억을 부여잡고
제풀에 엉클어진 세월의 무게만 붐비고 있는데

나른한 오후
갈팡질팡 아지랑이 성급한 발목 낚아채는
가지마다 청사초롱 축제의 계절
창백한 가슴팍 한 겹 꽃 그림자 걷어 분단장하고
오늘도 흔들릴 때마다 그려보는 내 마음속 까맣게 닳은
음표 하나

음악에 7
– 우리는 하나

시공을 초월해
모든 것을 뛰어 넘는다
남 여 노 소
하나로 통한다
많은 이야기가 필요치 않고
어떤 행동을 보여주지 않아도
충분히 이해 할 수 있다

상대방의 정신적 기호도
세월의 흔적까지
그 모든 것 뛰어넘어
다리를 놓아준다
처음 보아도 오래된 친구처럼
어느새 정겨운 이웃이 된다
우리는 하나가 된다

스물 즈음에

까투리 복숭아
솜털 사랑은
산모롱이 도망가는
해를 닮았지

가스 불에 양은냄비
들썩 거려도
장작불 가마솥에
비할 수 있나

이산 저산 울긋불긋
단풍 들어도
스무 살 첫사랑은
철쭉꽃이지

맨드라미 사랑

언뜻 볼라치면 닭 벼슬 닮은 꽃
집시치마 뒤에 숨겨진 비밀
나는 알고 있단다

쉿, 다리가 못 생겼다고
꼬불꼬불 주름진 얼굴 위로
지루한 여름 햇살이 숨어든다

골 깊은 곳에는 가지 말아라
자칫 잘못 디디면 낭떠러지란다

 ・・・・・ 나의 꿈 나의 사랑

4

밤이면 밤마다
이별하는 여자

오늘 이 기나긴 하루해
다시 저물고
뜨문뜨문 별이 돋는 시각이면
나는 또 나도 모르게
또 혼자만의 쓸쓸한
이별을 꿈꾸곤 합니다
알듯 모를 듯 도무지 알 수 없는
그림자 내 사랑 해맑은
영혼 그대를 위해

· · · · · 나의 꿈 나의 사랑

이별 후에 1

이제 가을은
더 이상 아파하지 않는다
아끼고 사랑하기에
기꺼이 용감해질 수 있고
용기 있는 이별은
차라리 행복하다 여기면서

그대를 생각할 때면
버릇인양 두리번 살피게 된다
무엇이든 주고 싶은 마음에서
하지만 그때마다
가진 것 이 한 자락
마음밖에 없음을 다시 깨닫고
나는 또 쓸쓸히 돌아서고 있다

이별 후에 2

그대여
돌아보면 언제나 저 먼 곳에서
미소로 손짓하는 착한 사람이여
사랑하는 지상의 모든 것들이
지금은 이별을 준비하는 시간
그대와 나 이미 오래전
이별에 익숙해져 있음은
또 얼마나 다행한 일인지

애써 눈 감고
서툰 웃음 지어보아도
슬픔은 스스로 별로 지고 있는데
저 별 다 지기 전에 서둘러
그대는 그대 머문 곳에서
하늘을 보고
나는 나의 길 위에서 하늘을 보자
그대의 하늘이 곧 나의 하늘일 테니

늦은 저녁 그대 창가에 비는 내리는데

행복 꽃 무성하던 키 작은 언덕배기
울민(鬱悶)한* 그리움만 물처럼 흘러가고
계절은 활짝 피어 글썽이는데
다시 올 수 없는 그 사람

마음의 짐 꾸려들고
추억 엽서 품에 품고
그 바닷가 찾아와도
바람결에 묻혀버린 푸른 그 시절

머물렀던 모든 것들
순간으로 젖어들듯
멀어져간 내 사랑도 흐려지다 잊혀지면
아픔만큼 수척해진 낙엽과도 같은 것을

멍울멍울 뭉친 세월 가물가물 떠오르면
이 거리로 모였다가 저 들길에 흩어지고
백사장에 펼쳐지는 잿빛 노을의 뒤엉긴 눈썹인양
늦은 저녁 그대 창가에 비는 내리는데……

*울민(鬱悶)하다 : 마음이 답답하고 괴롭다

영혼의 스폰서

가진 것 유일무이
담백하고 초라한 마음밖에 없는데
무엇이든 주고만 싶어지고
그 발길 머문 곳곳마다
한 송이 꽃이 되어 반기고픈
혹여 그대에게 그런 인연 있었던가

우기(雨氣)에는 빗물 따라
추억우물 차오르고
한기(寒氣) 돌면 눈발 따라
첫 발자국 선명하게
눈앞에 흐려지는 그런 얼굴 있었던가

고독한 이름 그대여
무엇이든 간절하게 기도하고 싶거들랑
해묵은 커튼 뒤에 숨죽어 눕지 말고
세상 모든 창을 열어
마음과 마음으로 치열하게 사랑하라

어쩌면 그대보다 더 외로울 사람
진정 육보다 영이 행복할 수 있도록

한 마리 새되어 희망노래 속삭이며
빛 고운 한 영혼의 스폰서로 사노라면
이끼 없는 돌이 되어 자갈밭에 굴러도
그대 앞의 생, 한 점 후회는 없을 테니

내 그리움의 철망너머에는

평화로이 흐르는 구름 아래
수양버들 흥겨운 샛강
언제 보아도 정겨운 얼굴들
그야말로 야생화 천국이다

자칫 한눈 팔다보면
그 여린 싹 숨통 조이고
발목마저 다치게 하기 일쑤여서
여간 조심 되는 게 아니다

언제부터였는지
봄가을 꽃 구분조차 흐려지고
우리네 추억 그 풋내 나는 되새김질도
사시사철 새파란 물 펑펑 쏟아 내고 있다

지나온 기억 속 고립된 눈물인양
녹푸른 사슬에 엮어진 유년의 향기가
아카시아 꽃 눈 속에 마구 흩날리는데
내 그리움의 철망 너머에는
오늘도 추억으로 가는 기차가 멍울진 울음을 삼키고 있다

그리운 사람에게

비가 내리면
내 가슴엔 눈물이 녹아들고

눈이 내리면
내 마음엔 깃발이 흔들린다

별무리 슬픈 날엔
왔던 길 또 다시 서성이고

달빛 푸르른 밤엔
낙엽 위에 누워 하늘을 본다

그리운 사람에게
한줄 시(詩)로 기억 될 수 있다면

저 쓸쓸한 길 위에서
평생을 서성여도 좋으리라고……

그림자 사랑

살포시 드러내지도 못하고
나직이 불러 보지도 못한 채
창백한 얼굴로 흔들리고 있는
그렇게 흔들리면서도 언젠가 잊혀져 가야만 하는
낯설지 않은 어느 이름이 있습니다

뭉근한 기억만으로도 아름답고
소슬한 추억 떠올릴 때면
세상 그 누구보다 행복하다지만
끝끝내 비틀거리면서도 외길로 걸어야 하는
슬픈 인연 가슴에 묻으며 살아갑니다

굵은 빗방울에
가까스로 조약돌이 돌아눕듯
진눈깨비 산발적으로 흩날리는 날이면
헐떡헐떡 숨을 삼키며 달려와
밤이 새도록 기다려주곤 하던 넓적한 평상 같은 사람

오늘 이 기나긴 하루해 다시 저물고
뜨문뜨문 별이 돋는 시각이면
나는 또 나도 모르게

또 혼자만의 쓸쓸한 이별을 꿈꾸곤 합니다
알듯 모를 듯 도무지 알 수 없는
그림자 내 사랑 해맑은 영혼 그대를 위해

할머니
– 고향 바다

해질 녘 고향 바다
붉은 빛 수평선 바라보면
약손 땀 냄새 젖은
할머니 누워 있다

그 옛날
밥상머리 앉아 배 아프다 칭얼대던 아이
정갈한 손 쓱쓱 문지르며
사랑으로 안아 자장으로 재우셨지

진흙 다진 부뚜막
투박한 뚝배기
손녀위한 된장찌개 기쁨으로 끓이시다
바람으로 떠나셨지만

빨간 등대
방파제 길 거닐면
아가 아가 부르시던
귀에 익은 목소리 들려오고 있다

유년의 기억 속 향기로 남아있는
할머니의 체취
짜디짠 소금기로 파도치고 있네
눈물 되어 흐느끼고 있네

그리운 것은 때가 되면 떠나간다

심지 곧은 등꽃 나무
하나 여린 싹 틔우기까지
이슥토록 슬픈 언약 새기고 있다

존재 그 불변의 진리
눈부신 축복임을 깨달아가며
흔들리며 피어나는 들꽃의 함성

이슬비 지난 뒤 나그네 바람
홀로 걷는 오솔길 적막하여도
낮은 구름 벗 삼은 행복의 여정

산허리 감도는 운무 걷히면
세상 숲 모든 인연 흐르고 흘러
그리운 것은 때가 되면 떠나간다고

시를 쓰며 산다는 것 그것은

현실의 재를 훌쩍 뛰어 넘어
자아 찾아 떠나가는
까마득한 고난의 길

사상과 이념의 쇠사슬을
싹둑 잘라 내던지고
벽과 벽을 허무는 화해의 길

시를 쓰며 산다는 것
그것은

사람과 사람을
좀 더 깊이 사랑하고
세상과 세상을
보다 넓게 이해하며

홀가분한 마음으로
한 사람 잊혀져간 선비의
명경(明鏡)마냥 정직한 삶
풀기 머금은 한 가닥 푸른 옷고름을 닮아가는,
바로 그런 거라네

빗자루와 쓰레받기

베란다 구석진 자리
듬성듬성 숱이 빠진 수수 빗자루 곁에
얽을 대로 얽어버린 쓰레받기 하나
시선 따윈 아랑곳없이 질세라 부둥켜안고
이상 한파 속 온기를 나누고 있다

비바람에 얼룩진 몸뚱어리에
검버섯 길게 드리운 것이며
한눈에 보아도 평탄치 않았던 지난 삶 짐작하기에
조금도 부족함 없었지만

맨땅을 기둥삼아 맨발로 달려온 지난 세월
흔들릴 땐 잡아주고 넘어질 땐 일으키며
순간에서 영원으로 가는 굽이굽이
변치 않는 사랑으로 이어온 복된 나날이었으리라

처음 만난 그 때부터 뼈를 묻는 그날까지
일편단심 폭풍 속 가시밭길도 함께 하는
빗자루와 쓰레받기를 바라보고 있자니
섣불리 만나고 헤어짐에 익숙해져버린
우리네 뒷모습, 꽁무니 빠지라고 줄행랑치고 있다

미안하고 고맙고 그리고 또 그리고

그대 내민 따스한 손
딱 잘라 거절하고
집시마냥 방랑해서
하늘만큼 미안하고

지구 끝에 홀로 남아
고독으로 굳었어도
그 마음 변치 않아
바다만큼 고마운데

짧은 만남
긴긴 이별
운명처럼 닥친 재회
그리고 또 그리고……

묘약

정말이지
이상한 일이다
머리로는 벗어나려 몸부림치면서도
몸은 어느새 깊은 행복감에 빠져들어
새롭게 태어나고 있는 자신이

도무지 알다가도 모를 일이다
가까이 하면 할수록 더욱 그립고
그리움 사무쳐 뼛속 깊이 녹아들면
한 솥 눈물 국 끓여 놓고
시름시름 젖고 마는 내가

하지만 이제 조금은 알 것 같다
나의 편협한 생각을 키우고
내 설익은 사랑을 채워 은근히 숙성시키는
세상 둘도 없는 묘약은
바로 음악 밖에 없다는 것을⋯⋯

목련꽃 피던 날

베르테르 연서 아니어도
가슴 설레고
은비녀에 쪽진 머리 눈부신 날엔
아기천사 날개옷도 빨아 널었지

그 봄날 고결하게 흐르던 숨결
굴렁쇠 그림자 뒤 서글픈 세월
어느 소녀의 비밀 일기장
혼자만의 고독한 아픔이었네

한곳만 바라보는 무채색 연정
낮은 키 꽃 무등 어깨 기댄 채
폭풍우로 몰아치다 가랑비에 돌아눕는
그런 사랑 거절하는 네가 좋았지

도도한 입술 서리눈물 머금어
눈부신 달빛 아래 은 호롱불 밝히니
지고지순 아름다워 가슴 벅찬 날
이 가슴 빙벽 녹아 백야에 흐를 테니

사랑하며 살 수 있다면

쉽사리 생각하면
결론 또한 간단명료하지만
어렵사리 되뇌이면
무어라 꼭 집어 말하기 어려운 것 바로 사랑입니다

참으로 묘한 것입니다
서로를 목숨과도 같이 아끼다가도
어느 순간 지극히 사소한 일상마저 부풀려가며
무모한 힘겨루기로 젊음을 소비하기도 하는

사랑이란
눈 속에 피는 한 송이 매화같이
아픔 없이는 얻기 어려운 것이기에
세상 어디에도 흔들리지 않는 사랑이란 존재 하지 않는
것입니다

자판기 커피처럼 손쉬운 사랑
일회용 종이컵 마냥 쉽사리 던져지는 사랑
그건 이미 사랑 아닌 유희(遊戲)라고 단정 지을 줄 아는
우리
그런 우리가 언제까지나 첫 마음 기억하며 살 수 있다면

하루하루 가슴 벅차도록 기쁘고 반갑진 않더라도
마지막 날까지 활활 타오르지 않더라도
더워진 가슴에 은근히 타오르는 불씨 소중히 보듬어가며
영원히 사랑하며 살아가는 아름다운 우리였으면 정말
좋겠습니다

밤이면 밤마다 이별하는 여자

자신도 모르는 사이
어느 한 사람에게 아픔을 주고
누군가 잘 아는 이에게 상처를 받는다는 것은
너무 가까운 거리를 유지해 왔기 때문이다

멀리 떨어져 있어 어쩌다 만날 수밖에 없는
더 할 나위 없이 반가운 인연이었더라면
필요이상으로 많은 시간을 나눌 처지가 못 되다 보니
의견대립으로 인한 충돌의 우려도 작아지고
오해의 소지도 낮아지기 때문이다

어느 피치 못할 상황에서
전자와 후자를 놓고 꼭 하나만을 선택해야 한다면
나는 한 치 망설임도 없이 후자를 택하고 말 것이다
저 홀로 외롭다 남몰래 죽어갈 어느 잊혀 진 이름으로
밤이면 밤마다 이별하는 쓸쓸한 그 여자가
세상 누구도 아닌 바로 나 자신이었으므로……

5

말라가는
화분에게
말을 건네며

가까이 들여다보니
아직도 가슴이 따뜻한 화초들이
물기어린 눈망울을 굴리다
불쑥 손을 내어 미는데
나도 모르게 양어깨 활짝 벌려
그 메마른 손 꼬옥 잡고 말았다

 · · · · · · 나의 꿈 나의 사랑

말라가는 화분에게 말을 건네며

인간의 숲엔 엉겅퀴만 사는 건가
근 며칠 혼돈 속 비틀 거리다
간신히 자아를 붙들고 서있다

날마다 눈 맞추며 보살피던 화분 하나
등 뒤 켠 책꽂이로 밀려나
무관심속에 나앉게 되고 말았다

눈에서 멀어지면
마음에도 멀어 진다더니
뜸해진 손길에 그리 상처 깊었을까

마치 내 가슴마냥
새까맣게 타들어가고 있었다
어떤 상처든 아프긴 매 한가진걸

그제야 후회 섞인 사랑의 물 축여가며
조심스레 말을 건넨다
미안해, 미움의 싹은 이제 그만

완두콩의 자식사랑

하룻밤만 묵어간다 거듭 애원하였기에
작은 물컵에 목화솜 보료 삼아
귀하신 손님 한 분 고이 모셨습니다

새벽같이 떠난다며 분주히 나서더니
십리는커녕 복도 난간에 주저앉아
피치 못할 사정으로 한솥밥 먹어야 한다네요

하루 이틀 햇살 드나들고 달빛 머문 자리
형설(螢雪)의 공 쌓아 어린 싹 틔워내고
삼복더위 아랑곳없이 콩 주머니 대롱대롱 매달고 있습
니다

허기진 배 등가죽에 달라붙어 눈물샘 쿡쿡 찔러대더니
나날이 불러 오는 배 노심초사 끌어안고 섰네요
그만하면 한 번쯤 쉴 만도 하건만……

넉넉지 않은 살림에 어린 새끼 거두느라
피골상접(皮骨相接)하였어도
일분일초 한눈파는 일 없습니다

우리네 못지않은 완두콩의 자식사랑에
한껏 숙연해지는 요즘
공염불(空念佛)에 허송세월 낮이 익을 지경입니다

누군가에게 서서히 잊혀져 간다는 것은

아파도 아프다 말하지 못하고
그리워도 그립다 눈물짓지 못하는 그대
여물어 가는 계절의 끝자락에 서니
당신의 선한 음성이 옥빛으로 사무치는데

그대를 위한
한 장의 엽서를 사면서
나는 벌써부터 마구 행복에 겨워
눈을 감고 편지를 씁니다

가슴에 묻고 갈 그 이야기
하나둘씩 쏟아 내놓고
나는 또 금세 후회하고 말겠지만
우표 한 장의 사랑 그대 향한 열정 곰 삭이고 있습니다

누군가에게
서서히 잊혀져 간다는 것은
스스로는 감당키 어려운 아픔이기에
하루가 고달프고 가끔씩 눈물겨워도

아득히 먼 훗날
기약 없는 그 약속 되뇌이며 오늘도 녹슨 철길을 걸어
봅니다
누군가에게 서서히 잊혀져 간다는 것 그것은
내겐 너무도 가혹한 형벌이기에……

그대가 나는 이런 사람이라면 좋겠어

두메산골 수줍은 소년의 손끝에서 다듬어진
감청색 풀피리 그 풋풋한 소리를 닮은 그대
유순한 얼굴 하나 가득
우윳빛 하얀 미소가 충만하고
어눌한 듯해도 속정 깊은 이해와 배려는
허점투성이인 내겐 그저 과분할 뿐이지만

그대여 이제 더 이상 사람의 홍수 속에 휘말려
상처로 웅크린 몸, 팔이 저리도록 껴안고
긴 밤 홀로 지새지 말며
비뚤어진 이 세상 모든 것들이
마치 자신의 잘못이라도 되는 양
모질게 자학하며 하루를 소비하지 말았으면 해

누군가의 무성의한 오판으로 엎질러진 물조차도
흘러간 시간이 남겨놓은
한 방울 작은 얼룩에 지나지 않는다는 것을
하나둘씩 깨달아 가는 사이
한 치 멀리 눈을 뜨고 한 발 더 깊고 넓게 서서
자신을 애정의 눈으로 돌아볼 줄 아는 진취적인 사람

언젠가 시들고 말 한 송이 꽃처럼 덧없는 허상을 쫓기보다
행여 예고 없는 불행 앞에 쓰러져 눕더라도
위기를 기회로 삼을 줄 아는 도전정신으로 일어서서
이름도 모른 채 살아가는 한 포기 들풀의 강인한 생명력을
당신의 작고 여린 가슴에
커다란 교훈으로 아로새길 줄 아는 냉철한 사람
그대여 정말이지 나는, 그대가 이런 사람이라면 참 좋겠어

호박

파리한 낯빛으로
속부터 영그나니
화려한 겉치레로
그 어디 견줄쏘냐

그대 행여 마음 아프거든

음산한 바람 지나던 언덕
아지랑이 물오르고
바위그늘 밑 가녀린 목숨 눈 뜨는 날
가슴에 한 줄기 바람 지나거든
그대여 마음 아파하지 말고
강변을 걸어보라

삶의 원두막 별빛 부서지는 밤
흐려진 얼굴 그 이름 떠올리며
잠시 잠깐 행복할 수 있을 테니까

찬 서리 내린 새벽
막다른 골목길 낙엽의 눈물
새벽이 오는 거리 한없이 쓸쓸해지는 날
가슴 문 꽁꽁 닫고 싶어도
그대여 마음 아파하지 말고
산길을 올라 보라

뼈마디 이완되는 고독의 상처
능선에 묵연히 선 고목 바라보며
그대 이미 혼자가 아님을 천천히 깨달아 갈 테니까

고춧가루

요즘같이 무더운 날엔
할 일이 많지 않다
노는 것도 하루 이틀이지
이제 그만 일 좀 하고 싶다

이맘땐
열무김치만한 것도 없는데
그 쉽고 흔한 깍두기도 안 담는다
온통 살맛나는 여자세상

어디 김장철만 와봐라
벼르고 또 벼른다
내 단단히
매운맛 한번 보여주지 하면서……

겨울 연가

몸짓과 몸짓이 식어가고
입김과 입김이 흐려지는
차디찬 동면의 계절

강물과 강물이 가라앉고
물살과 물살이 굳어가는
아름찬 바람의 언덕

욕심껏 팽팽해진 육신을 띄우고
절규로 부풀었다 가라앉고 마는
비운의 방패연
그 구멍 난 가슴팍에 새겨진 삐죽한 미련인양
눅눅한 효모가 자라는 어둠의 시간

한껏 침침해져 퀭한 동공으로
마주하지 못한 그리움이 차오르면
통증보다 나약한 의지가 힘껏 흔들리고
용서하지 못한 후회가 다급히 소용돌이친다
혼연한* 한 소절 겨울 흐느낌처럼

*혼연한 : 하얗게 빛나는

상처가 상처에게

이맘때쯤 되었을까
어느 가녀린 소망을 위해
험한 바위산도 마다않던
해맑은 소년의 등 뒤에선
아홉 살 위태로운 꿈이 벼랑 끝에 흔들리고 있었다

나리꽃을 갖고 싶었던 누이동생과
선뜻 나선 오라버니의 따뜻한 동행
더없이 아름다운 풍경이었지만
현기증에 시달리던 동생은
아찔 하는 순간 그만 강바닥으로 나뒹굴고 말았다

축축하게 젖어드는 턱밑으로
만만치 않은 상처를 짐작하면서도
오빠가 건네주는 한 송이 나리꽃을 품에 안으며
아픔 따윈 말갛게 잊고 그저 행복하기만 했던
하늘빛 순수 내 그리운 시절의 꿈

바람의 소리를 알아듣고
별빛의 이야기를 전해 듣는 사이
그날의 흉터는 점점 작아져 갔지만

진흙바람 외나무다리 건너며 앓아온
마음의 상처는 아직도 뿌리 깊게 자리 잡고 있다

오늘 이 눈부신 봄날
마음의 창을 열고
가슴속 묵은 먼지 훌훌 다 털어내니
상처가 상처에게 조심다가와 그 핼쑥한 뺨을 부비며
속삭인다
저만치가 끝이야 조금만 더 참아……

싱글벙글 김밥 싸는 날

새벽 다섯 시
온화한 주방에 불을 밝히면
한 폭 행주치마에 피곤을 씻고
밤늦도록 준비해 둔 온갖 재료에
갓 지어 고슬 고슬 윤기 나는 밥
둘 둘 둘 두루마리 정성을 만다

데굴데굴 김발 위를 구를 때 마다
한 무더기 싱글벙글 사랑의 미소
행복향기 시끌벅적 창을 넘으면
방방마다 방글방글 꿈도 영글고
가뭄 끝에 찾아온 해갈의 단비마냥
내 마음 무장무장 행복 꽃 피우는 날

삶이란

길을 간다는 것은
열린 하루 속으로 걸어간다는 것은
언제까지나 꿋꿋이 살아낼 거라는
한 잔 나직한 축배 같은 것

맨발로 무지개를 쫓으며
빈 몸인 채로 해와 달을 닮아 간다는 것은
흐려져 가는 세상 모두를 아끼고 사랑하겠다는
한 덩이 묵직한 맹세 같은 거라네

씻기고 부대끼는 사이
모였다 흩어지고 떠돌다 가는 세상
우연과 필연의 끄트머리에 어른대는 눈물은
검붉은 티끌의 자잘한 미련 같은 것

메마른 가지에 둥지를 얹고
대대손손 노래하는 새들의 전설에 귀를 열어 보라
시련이 깊으면 늘상 겸손의 그림자를 남기듯이
어차피 삶이란 끝끝내 식지 않는 훈훈한 연기 같은 것
그런 거라네

사랑을 위하여

보랏빛 슬픈 영혼 쑥부쟁이 꽃
숨어 앓던 마음 병 먹 울음 토해낼 때
이고 진 삶의 무게 꿈에 스친 가위눌림
흉곽이 함몰되는 아픔
내 사랑을 위한 고통 인내의 시간입니다

낡은 삼바 감아쥐고 달려드는 그리움
이 강과 저 바다 메아리로 여물어
씨실 날실 엮어가며 거듭 환생하는 날
불신의 벽 등진 가난한 이별
내 사랑의 상처 치유의 시간입니다

오는 인연 허무의 미소 밀물로 밀려들고
가는 사람 텅 빈 가슴 썰물인양 서러워도
빈 수레 지난 마음 텃밭 파종하는 날
고독안주 눈물잔 기울이면서
사랑을 위하여 기도하는 오늘 축복의 시간입니다

버려진 화분이 내민 손

희미한 가로등 아래
누군가에게 버려진 화분들이
아무 대책 없이 던져져 있다

가까이 들여다보니
아직도 가슴이 따뜻한 화초들이
물기어린 눈망울을 굴리다
불쑥 손을 내어 미는데
나도 모르게 양어깨 활짝 벌려
그 메마른 손 꼬옥 잡고 말았다

근 한 달 치유의 시간 흘렀을까
튼실한 가지 끝
보석마냥 반짝이는 열매가
보은의 웃음으로 하늘을 가리고 있다
그 차갑던 손도 이렇게 따뜻해지고……

겨울 낙서

한 마지기 용서의 햇살 아래
결빙과 결빙이 머무는 강변
결연한 의지로 봉함된
한 장 침묵의 엽서마냥
마음마저 꽁꽁 여미고 황급히 돌아선 사람들

등 뒤로 엉겨 붙은
욕망의 입술을 굳게 다물고
세상 가장 낮은 곳에 힘껏 내던져진
한 송아리 흩어진 메아리를 쫓아
꾸역꾸역 허기진 미열을 앓고 있다

세월 속에 묻혀 질 기억의 그늘 아래
한 봉지 설움의 무게는 출렁이는데
몸에 맞지 않는 의복이라도 걸친 듯
거울 앞에 낯선 이 작은 몸뚱이조차
내 것이 아닌 양 혼란스럽기만 한 중년의 계절

푸석푸석 갈라진 나무 등걸 아래
엉성한 그림자 하나 걸쳐 둔 채
바람의 체취를 더듬어 떠나는 오늘

휘어진 어깨로 옹골찬 맹세를 짊어지고
모서리에 누운 한 줄기 그리움처럼 처연히 걷고 있다
겨울 그 찬란한 어둠의 비탈진 소용돌이 속으로

겨울 냉면이 따뜻한 이유

불황의 터널 아득한 섣달
그 누구도 반기지 않는 한파가
연일 기록 갱신 새빨간 구호를 흔들어 가며
최고점을 찍어 대던 날

한 바가지 낮달의 눈물과도 같은
냉면 그릇 받아드니
해초들의 바다소식 귓전에 쟁쟁하고
어렵사리 말 문(門)연 씨앗들
이제나 저제나 타향살이 고단하다

근심마냥 무거운 살얼음 한 겹 걷어내자
누군가의 쓸쓸한 그림자 얼비치고
차마 말로는 다 못한 사연들이
젓가락 사이를 오가며 미로를 헤매는데

정갈한 국물 한 술 떠 살짝 입술 적셔보니
이게 대체 어찌된 일인가
차갑기는커녕 이내 가슴이 훈훈해지고
찬바람에 새파랗게 언 몸까지
슬금슬금 녹아내리는 게 아닌가

아, 그제야 나는
냉면그릇이 펄펄 끓고 있다는 것을 알았다
겨울 냉면이 따뜻한 그 이유는
누군가가 퍼 올린 속 깊은 정이
그릇 한 가득 흘러넘치고 있기 때문인 것을

내게 있어 그대는

어쩌다 아주 가끔씩이라도
보고 싶다 말을 하면
내 짧은 꿈속으로 찾아들고
잘 지내라고 한마디 당부라도 할라치면
듬직한 미소로 대답하는 온화한 사람

한 줄 어설픈 약속도 없이
번개마냥 마주치고 말았던 어느 새벽
도저히 믿기지 않던 그 혼란한 현실마저
그저 도리질로 일관할 수밖에 없었던
슬픈 운명 속 안타까운 우리 두 사람

숱한 사연과 사연만이 매듭을 짓는 세상
한 움큼의 푸석한 티끌만치도
연연해 할 줄 모르는 그 세월 흐르고 또 흘러
이 모든 것 하늘의 뜻으로 섬겨가며
고귀한 선물마냥 지니고 걸어온 행복한 시간들
따뜻한 두 가슴이 빚어낸 빛 고운 세상이었지만

내게 있어 그대는
더 이상 가고 없는 시간일 수 없고

그대에게 있어 나는
언제나 먼 곳을 떠도는 향기일 수만은 없기에
그리운 이름 그대여
나는 이제 그대를, 광채 없이도 눈부신 추억의 씨앗
영원히 잠들지 않는 침묵이라 부르렵니다

맨발로 여름나기

언제부터인지
여름만 되면
양말 신는 것 때문에 적잖은 고민이다

불과 몇 해 전만 하여도
구두 샌들을 막론하고
목 짧은 면양말이나 간단한 스타킹 정도는
꼭 챙겨 신는 것을 옷차림의 기본으로 여겼거늘
요즘 세상
그런 모습으로 거리를 활보하다가는
뭇사람들의 따가운 눈총을
온몸으로 감당해내야만 한다

이런 저런 세월의 흐름마저
그저 낯설기만 한 내겐
좀처럼 수용하기 어려운 현실이었지만
어설픈 용기로 포기를 걷어내고
쭈뼛쭈뼛 맨발로 걸어보는 오늘
아, 이토록 가뿐하고 시원한 것을……

분화구의 갈등과 통증의 표출

손희락 (시인·문학평론가)

1. 창작의 모태 — 분화구

원명옥의 시집 원고를 통독하면서 가슴에 와 닿는 느낌은 '애절한 영혼의 노래'를 통한 자아 시학의 확립, 그리고 시인으로서의 성공 그 '가능성'이었다. 사물이나 사건을 바라보는 예리한 통찰력, 이미지 구축을 통한 시적 형상화에 있어서 자기만의 패턴을 확립하고, 내면의 진실과 갈등을 언어적 기법으로 표출하여 텍스트를 형성하는 독특한 미학을 선보이고 있기 때문이다.

시 세계의 일별에 앞서서 그물에 걸린 고기를 떼어 내어 바구니에 툭툭 던져 넣는 듯한 착각을 일으킬 정도로 열정을 불태우고 있는 다작의 실체에 대하여 추적해보고 싶었다. 보편적으로 시인들은 한 달에 한 편의 신작시를 발표하기도 힘들다는 고백을 한다. 심상에 포착된

관념을 적출(摘出)하여 시어로 변환, 형상화시키는 과정
이 녹록치 않기 때문이다.

　찬란한 태양같이 날마다 솟구치는 원명옥의 시, 그 시
적 발상의 근원지는 어디일까 하는 의문 속에서 작품의
베일을 벗겨본다.

　　　사람들은 나를 보고
　　　도대체 어디에서
　　　그 많은 시(詩)들이 쏟아져 나오는 거냐며
　　　두 눈을 반짝이며 물어온다
　　　그럴 적마다 나는
　　　더없이 궁색한 답변으로
　　　얼버무리는데 바빠 허둥대곤 하였지만
　　　한 방울 투명한 눈물 같은 나의 시는
　　　바로 이 작은 가슴
　　　그 한가운데서 나오는 거라고 진작부터 말해주고 싶었다

　　　남다를 것도 없이 협소하기만한 나의 폐부(肺腑)
　　　좁다란 명치끝 한복판에는
　　　쥐도 새도 모르게 조금씩 자라나고 있는
　　　작은 분화구가 하나있어
　　　시를 쓸 적마다 실로 엄청난 통증을 수반한 채
　　　텅 빈 여백을 빽빽이 채울 수 있게끔
　　　한 다발 채찍과 당근을 안겨주곤 하는 것이다

　　　　　―「가슴 속에서 자라는 분화구」 부분

위의 고백에서 자신만의 스타일과 개성이 내포된 작품이 분출되는 원천은 바로 '작은 가슴'이며, 작은 가슴 한 가운데서 시가 나오는 것이라고, 진작부터 말해주고 싶었다는 것이다.

'진작부터 말해주고 싶었다'는 의미는 두 가지로 해석될 수 있다. 첫째는 다작에 대하여 질문해 오는 이들이 많았다는 것이고, 둘째는 작품의 순수성이나 질적 가치에 대한 스스로의 방어나 변호의 방편이라고 생각된다.

물론 스스로의 방어가 상대의 수궁을 통하여서만 인정 되고 받아들여지겠지만, 작품에 대한 자부심과 궁지를 갖고 '시 짓기' 하고 있다는 것은 자아시학의 구축이나 시정신이 확립되지 않고서는 취할 수 없는 교만이거나 혹은 자신감일 것이다.

이 시의 1연에서 시인은 '한 방울 투명한 눈물 같은 나의 시'라고 소개한다. '투명한 눈물 같은 시'라는 표현은 퇴고중인 작품을 끌어안고 순수한 감정으로 고뇌하며 마무리의 과정을 거치는 동안 때로는 절망하며 때로는 기뻐하며 흐느꼈다는 의미로 인식 되어 진다.

흐느끼지 않고서는 눈물이 고이지 않는다고 생각해볼 때, 이런 표현을 인용하고 있는 시인의 가슴은 시퍼렇게 멍들어 있거나 갈기갈기 찢어져 있는 상태임을 유추할 수 있다. 자신이 보고, 느낀 것에 대하여 '눈물'로 표현한다는 것은 개인적인 체험인 까닭에 미 체험 상태에서는 이해하기 어렵지만, 심적 갈등과 진솔한 고뇌로 시를 생산하고 있다는 시의 품격에 대하여 스스로 보증하고 싶은 심정이 읽힌다.

2연에서 시인은 자신의 가슴을 '작은 분화구' 라고 표현한다. 분화구라는 의미는 참으로 깊다. 현재는 연기만 모락모락 피어오르거나 고요하게 끓어오르고 있지만, 장차 엄청난 폭발의 잠재력을 내포하고 있는 상태라는 것을 말하고 싶은 것이다.

이 시편에서 눈길이 가는 것은 2연 5행 이하이다. '시를 쓸 적마다 실로 엄청난 통증을 수반 한 채 / 텅 빈 여백을 빽빽이 채울 수 있게끔 / 한 다발 채찍과 당근을 안겨주곤 하는 것이다'

시를 쓸 때마다 '통증' 을 수반한다는 독백이다. 미미한 통증이 아니고 '엄청난 통증' 이라고 말하고 있으니 엄살은 아닐 것이다. 창작에 몰두하고 있는 시인의 고뇌를 어느 누가 짐작할 수 있을 것인가. 묻지 않을 수 없다.

하여튼 원명옥 시의 모태는 가슴이고, '그 가슴 한 가운데서' 시가 생산될 때는 어미의 자궁에서 새 생명이 태어나는 것 같은 해산의 고통이 수반되는 특이한 체험을 즐기는 상태임을 이해하면서 데뷔 이후 두 번째 시집에 접근해야 할 것 같다.

시인들의 창작 유형을 크게 나누면 두 종류이다. 삶의 여백을 즐기며 음식 별미를 찾아 여행을 떠나듯 가끔씩 시를 쓰는 시인도 있고, 화자와 같이 전인격적으로 몰입하여 가슴을 찢고, 비명을 지르고, 자신에게 채찍질 하면서 시를 쓰는 시인도 있다.

2연의 마지막 행에서 '채찍 한 다발' 이란 표현이 그것을 증명한다. '한 다발 채찍' 에 맞아 갈기갈기 찢어지는 것 같은 고통의 태풍이 지나간 뒤에야 비로소 '당근' 을

맛보는 행복과 즐거움이 찾아온다는 것이다.

여백으로 시를 쓰는 전자보다 몰입하는 후자의 경우, 시의 진정성이나 시적 형상화의 깊이나 언어를 취택하는 기교에 있어서 우월감을 보이는 특징이 포착되겠지만, 정신적, 신체적, 자기 학대에까지 이르지 않도록 감정의 수위나 폭을 지혜롭게 조절해야 할 것이다.

2. 고독의 시학

한국문단은 데뷔 경력 위주로 시인을 대우하고 판단하는 오류를 범하고 있다. 대다수 잡지사나 예술 단체에서 문학상 수상자를 선정할 때도 데뷔 10년 이상, 혹은 20년 이상이라는 일괄적 잣대나 기준을 제시하고 있지만, 과연 그것이 바람직한 것인가는 고민해볼 일이다.

서울에 소재한 모 잡지사는 고착된 관행을 깨트리고 문학상 수상자를 결정하는데 있어서 문단의 데뷔 경력은 무시하고, 작품의 질적 수준만으로 심사하도록 운영 제도를 바꾼 곳도 볼 수 있었다.

앞으로는 껍데기 문단 경력보다는 알맹이 작품 위주의 심사로 전환할 수밖에 없을 것 같다. 왜냐하면 문학을 포함한 모든 창작 예술의 세계는 작가의 경력보다는 작품의 내적 수준으로 존재가치를 인정받아야 하는 특성을 지니고 때문이다.

좋은 작품을 쓴다는 것은 다른 말로 표현하면 '진리적 깨달음'이 깊다는 것이다. 깊은 깨달음이 없이는 보고,

느끼고, 표현함에 있어서 기교적 한계에 봉착할 수밖에
없기 때문이다. 자아 진리적 깨달음은 사상이 되고, 철
학이 되고, 기본 정서와 가치 지향의 밑바탕이 되기 때
문에 자아 깨달음의 깊이가 곧 작품의 수준을 결정짓는
원인이 되는 것은 부인할 수 없을 것이다.

> 석류가 익어가는 계절
> 다홍빛 뾰족한 입술 끝에
> 그리움으로 삭혀낸 고독의 밀어가 알알이 흩어지면
>
> 쓸쓸한 사람들은 하나둘씩
> 잃어버린 나를 찾아
> 저마다의 아픈 추억을 들쳐 업고 밤기차에 오른다
>
> 가끔씩 고단하고
> 때때로 애달픔으로 젖어드는 가슴이야
> 전생의 업 그 그늘진 물기라 여기면 그만이겠지만
>
> 목 놓아 울어 봐도
> 쉽사리 덜어낼 수 없는 마음의 얼룩은
> 갯벌에 남겨진 은회색 설움마냥 흐려진 기억인 것을
>
> 이 계절 내가 좀 더 슬프고 외로워지고 싶은 이유는
> 조금은 어두워도 균등하게 스미는 침묵 안에 머무를 때
> 비로소 남을 위로해 줄 수 있는 한 줄의 시가 나오기
> 때문이다
>
> ―「내가 좀 더 슬프고 외로워지는 이유」 전문

이 시에서 원명옥의 의식을 탐색할 수 있다. 다복한 가정에서 행복한 삶을 영위하며 일상에서 일어나는 다양한 소재로 시를 쓰며 인생길을 걸어가고 있지만, 그가 부르는 노랫가락에서는 짙은 고독이 배어 있다.

'짙은 고독'이 배어 있다고 단순하게 판단하기 보다는 스스로 '고독한 삶'을 즐기고 있다는 표현이 더 정확할 것 같다. 그 이유는 5연에서 포착된다.

자신이 고독해져야 독자들의 가슴을 위로해줄 수 있는 한 줄 시가 나오기 때문이다, 라고 정의하고 있다. 대단한 깨달음이 아닐 수 없다. 시인이 현실에 대하여, 세상에 대하여, 고독하지 않고, 사랑에 아파보지 않고, 누군가를 위로하는 시를 쓸 수 없다는 것은 당연하다.

행복하고 단란한 가정 안에 육신을 안주시키면서도 영혼은 가장 낮고 천한 곳에 내던져 고독한 공간에 머물기를 기뻐하여 신음하고, 비명을 지르는 화자의 모습을 발견하게 된다.

시인은 끝없이 끝없이 고독해져야 한다. 그리할 때, 성찰의 길을 걷게 되고, 세상을 관조하는 직관적 사고(思考)로 올곧은 삶의 길을 걷는 이정표를 제시하며 앞서 갈 수 있기 때문이다. 화자의 시편에서 풍기는 향기로운 냄새는 '짙은 고독'이다. 이 짙은 고독은 생선 태우는 냄새 같이 자신의 스스로 가슴을 태웠기 때문에 새까만 비명과 고통의 눈물을 수반한다. 독자들에게는 한 끼 허기를 채울 수 있는 진리적인 양식을 제공하고 있는 것이다.

파리한 낯빛으로
속부터 영그나니
화려한 겉치레로
그 어디 견줄쏘냐

—「호박」전문

이 시는 시집에 수록된 작품 중에서 가장 간결한 시다. 그러나 함축된 의미는 깊다. 최소한의 언어로 최대한의 의미를 부각시킨다.

황금만능주의에 정복당한 현대인들은 사람을 판단할 때에 물질을 잣대로 삼고 자기 유익을 쫓아 교제하며 살아간다. 학벌, 직업, 재산, 외모, 아파트 평수 등이 그 사람의 외적 가치와 인격까지 결정짓지만, 시인은 이 시를 통하여 그것은 틀린 판단이라고 모순과 오류를 지적하고 있다.

사물인 호박에 빗대어 겉모양은 볼품없지만 '속부터 영근다'는 자연의 진리로 접근한다. 인간의 내면을 중시하는 시력을 확보하여 외모로 판단하는 오류를 범하거나 어리석은 인생길을 걷지 말자는 목소리에 힘이 들어가 있다.

일반적으로 여성들의 시가 삶의 현실이나 억압에서 탈피하려는 가벼운 수다나 항변에 머무는 독백 위주로 흘렀음을 부인할 수 없다. 일상의 시적 수용이나 언어를 다루는 기교적 미학에서는 남성 보다 앞설지 몰라도 깊은 진리를 함축하는 면에서는 늘 뒤쳐져 있었기 때문이다.

근대에 들어 바람직한 현상은 개성이 뚜렷해지고, 내면의식이 깨어나면서 여성이 처한 사회적 현실이나 남녀 간에 성 차별 등, 각종 이슈가 된 사건을 묘사한 아이러니컬한 풍자나 사랑의 본질을 다룬 절묘한 텍스트로 두각을 나타내는 여성들이 늘어나고 있고, 여성 시의 패러다임 또한 변화하고 있다는 사실이다.

스스로 고독해져야지만, 모성애적 본능과 섬세한 감수성으로 독자들의 상처를 치료해줄 수 있는 한 줄 시가 나온다고 외치고 있는 화자도 지금은 엎드려 침묵하고 있지만, 곧 두각을 나타낼 수 있는 가능성을 지닌 부류에 포함된다. 그 눈빛과 행보를 주시해봐야 할 것 같다.

3. 주술의 미학

하루 24시간 동안 원명옥의 일상은 '시 짓기'에 사로잡혔다. 창작의 열정에 포로가 되어 있는 까닭에 의식 속에서 시가 떠나지 않고 잠재되어 있는 상태, 혹은 시의 환각상태에서 그 가치를 최고의 즐거움으로 인식하고 있다.

세상의 삶을 부업으로 여기고, 시 짓기를 본업으로 삼아 심연의 울렁임을 폐병환자 같이 붉은 각혈로 토해내거나 주술을 반복하는 영혼의 몸짓으로 나타난다.

시를 쓰는 시인들이 물질적인 것에서 탈피하여 예술적 환각상태에 온전히 빠져들기를 원하지만, 시는 좀처럼 그것을 허락하지 않는다. 일부 선택받은 소수의 시인들에게만 허용하고 있을 뿐이다.

　　보여지는 모든 사물
　　들려오는 모든 소리
　　다가오는 모든 인연
　　티끌만한 감정들 쌓이고 또 쌓여서
　　말이 되고 씨가 되어 시로 다시 거듭난다

　　윤기 나는 한 술 식탁을 외면하고
　　최소한의 생명유지를 위한
　　한 모금 수액마저 완강히 거부해도
　　차라리 시장기 따윈
　　거꾸로 돌고 도는 시계추에 불과하다

　　복잡한 아스팔트 사뿐사뿐 누비거나
　　호젓한 사이길 콧노래로 걸을 때는
　　지그시 눈을 감고
　　동그랗게 웃어 봐도
　　마음속엔 오직 한 줄 시어 밖에 떠오르질 않는다

　　우산을 지붕삼은 어둠 늦은 한 밤에도
　　머릿속엔 별이 총총 떠다니고
　　꽃가루가 화창한 여명 이른 새벽시간
　　가슴 속은 억수장마 산사태가 쏟아져도
　　나는야 신(神)이 내린 행복한 여자

　　—「신이 내린 여자」 전문

위의 시에서 연상되는 시인의 모습은 덩실덩실 춤추는 무녀 같이 행복하다. 그 이유는 신이 내렸기 때문이다.

1연에서는 모든 사물, 모든 소리, 다가오는 인연, 티끌만한 감정, 모든 것이 시가 된다고 말하고 있다.

2연에서는 한 편 시로 배를 채워서 육신의 배고픔은 초월하고 있다고 말하고 있다.

3연에서는 혼자 돌아다니며 히죽히죽 웃기도 하고 콧노래를 부르고 다니는데도 머릿속에서는 한 줄 시어 밖에 떠오르지 않는다고 했다.

4연에서는 증세가 더 심각해진다. 비 내리는 밤에도 비에 젖는 것이 아니라 별이 머릿속에서 총총 떠다닌다고 진술하고 있다.

시의 신이 내려도 단단히 내렸다. 혼자 중얼중얼 거리는 것은 자신에게 최면을 거는 종교적 샤머니즘(shamanism) 행위로 인식해볼 때, 삶 전체를 지배하고 유지하는 어떤 주술로 작용한다. 문제는 무엇인가. 사물을 깊이 바라보는 투시적 능력을 배양하기 위하여 육신의 고통쯤은 기꺼이 감내하고 있다는 점이다.

화자에게 나타나는 여러 증상들을 종합하여 분석하면, 시간과 공간을 초월, 사물과 사물, 사건과 사건을 진리적 시각으로 인식하려는 신들린 중증 상태가 맞는 것 같다.

그런데 결론이 멋지다. '나는야 신이 내린 행복한 여자' 현재 상태가 행복의 절정으로 설정된 표현이다. 각 연이나 행간에서 튀어 오르는 감동을 배치하기 위해 중얼중얼 거리고, 자신의 가슴을 찢어가며 한 편 시 짓기에 몰두하는 시인의 모습에서 반드시 절창의 작품을 남기고 말겠다는 강박이 엿보인다.

미숙아가 아닌 온전한 옥동자를 생산하고 싶은 욕구에 불을 지르는 강박감을 지혜롭게 누르고 다스릴 수만 있다면, 원명옥의 시 세계는 절대적인 자기만족에서부터 출발하여 독자들에게로 접근하는 신비로움으로 펼쳐질 것 같다.

시인은 누구나 '시 짓기'의 포로가 되기를 원하고, 운명적으로 영혼의 노래를 부르며 몸부림치지만, 자력으로 선택한 길이 아닌 타력에 의해 선택받는 과정을 거쳐야 하기 때문에 일평생 시신(詩神)이 내린 상태에서 덩실덩실 춤추다 가기는 어렵다.

무딘 감성을 날카롭게 갈아세우면서 자만하지 않고, 겸손히 정진할 때만, 시의 신은 영원히 머물지 않을까 싶다.

4. 예리한 직관 깊은 성찰

추측컨대 원명옥 시인의 눈빛이나 사고는 신들린 중증 상태이기 때문에 보편적이지 않다. 보편적이지 않다는 표현은 깊이 보고, 깊이 생각하고, 깊은 진리를 함축하기 위하여 사물에 대한 시선을 고정 시켜 텍스트에 접근하는 것이 체질화, 생활화되었다는 의미이다. 그렇지 않고서는 다양한 진리를 함축한 시적 묘사는 불가능하기 때문이다.

도로 위 이리저리 구르는 깡통 하나에 사로잡힌 나

향상된 의식 수준이나
선진국형 도시 미관을 살펴보면
도심곳곳에 수거함까지 갖춰져 있는 요즘
달리는 차도 한 가운데
재생 가능한 자원을 버렸을 거라는 성급한 짐작은
누구에게나 부자연스러운 추측에 지나지 않는다

이유야 어찌 됐건
만신창이가 되어 가면서도
소음에 가까운 항변을 토해내며
비관적인 삶을 맞이하고 있는 하나의 깡통이
보는 각도에 따라 심리적 불안요소로 작용할 수도
있을 뿐더러저마다의 눈살을 찌푸리기에도 충분한
일이다

쉴 틈 없이 차들은 오가는데
자포자기로 나 뒹구는 금속음
흘러가는 단순한 소음 이전에
그 어떤 이유 있는 절규는 아닐는지
전후좌우 무시하고라도 수습하고픈 심정
만용에 가까운 행동임을 잘 알기에 엉거주춤 못 본
척 가는 길

예외 없이 비어진 내 머리에도 가벼운 깡통 하나 요
란하게 흔들리고 있다

— 「깡통 소리」 전문

이 시는 신들린 상태와 그렇지 않은 상태에 대하여서 설명하고 있는 듯하다. 시인은 도로에 나 뒹구는 깡통 하나를 우연히 발견하고서 그냥 지나치지 않는다. 2연, 3연의 언술을 보면 뒹구는 깡통을 의인화시켜 한 인간의 모습으로 바라보고 있는 것 같다. 뒹구는 깡통(구체적 사물)에서 자신을 포함한 모든 인간이라는 어떤 관념을 뽑아 올리고 있다. 예리한 직관, 깊은 성찰이 아닐 수 없다.

3연에서는 위험을 무릅쓰고 차도에 뛰어들어 바퀴에 수십 번, 찌그러지고, 비명을 지르는 상황을 수습하도록 구원의 팔을 뻗고 싶다고 말하고 있다. 자칫 목숨을 잃을 수 있는 위험한 발상이긴 하지만, 이런 의식의 배경에는 사랑이 짙게 깔려 있다.

깡통이 도로 한 복판에서 뒹구는 일은 하나의 사건이다. 화자는 어떤 사물이건 사건이건 간에 시야에 포착되는 것들은 그냥 지나치지 않고 관심을 보인다.

바삐 가던 발걸음도 멈추고, 생사가 엇갈리는 도로를 바라보며 안타까워 발을 동동 구르고 있는 시인의 모습이 시야에 확보된다.

머리를 한 대 쥐어박아줄 것인가. 아니면 깊이 보는 안목에 대하여 칭찬으로 격려하여 줄 것인가. 판단은 잠시 유보하더라도 깡통의 존재를 의인화시켜 낮고 천한 소외된 인간으로 바라보고 있는 시인의 관찰력은 시의 의미를 증폭시켜가면서 좋은 작품을 내어놓을 것 같은 기대를 갖게 한다.

시인은 스쳐가는 바람도 불러 세워 놓고, 구름 같은 시 한 편 얻어낼 수 있는 안목의 깊이와 직관이 있어야 한

다. 깡통 하나를 깊이 바라본 사물에 대한 투시력이 심
상과 연결되어질 때 상징과 은유가 함축된 멋진 시가
된다.
　이런 투시력은 천부적으로 타고 났을까. 아니면 등단
이후 형성되었을까. 자못 궁금해진다.

　5. 통증의 표출

　원명옥 시인은 아무도 모르는 불치병을 앓고 있다. 종
합병원의 CT촬영으로는 그 흔적조차 찾을 수 없는 아픔
이고, 통증이고, 암 덩어리이다. 연약한 육체가 감당하
기 버거운 고통일 수도 있고, 목에 가시가 걸린 듯 캑캑
거리며 깊은 밤 잠들지 못하고 뒹굴어야 하는 가슴앓이,
행복병이다. 그 병의 증상에 대하여 '아가미가 아프다'
고 말하고 있다.

　　눈을 닦고 살펴봐도
　　온데 간데 흔적 없고
　　귀를 열고 엎드려도
　　메아리는 떠났는데

　　하늘만 쳐다봐도
　　눈물이 솟구치고
　　강물만 바라봐도
　　가슴팍이 갈라진다

심호흡을 삼켜봐도
마음문은 잠겨 있고
보폭을 넓혀봐도
그 자리가 그 자리다

소리 없이 피는 열꽃
흔적 없이 지는 상처
인생길 돌아보며
터벅터벅 걷노라면
숨어 우는 솔개마냥
아가미가 아파온다

— 「아가미가 아프다」 전문

　이 시는 화자가 미친 듯이 '시를 쓰는 이유'에 대하여 설명하고 있는 듯하다. 시를 쓰지 않고서는 견딜 수 없는 고통이 엄습해오기 때문이다. 눈앞이 캄캄해지고, 머릿속을 떠도는 메아리가 없어 시 한 줄 쓸 수 없을 때, 숨어 우는 솔개마냥 아가미가 아파 견딜 수 없다고 고백한다.
　아가미가 아플 정도로 갈등, 대립하고 있는 심리적 상황을 보면서 과연 시란 무엇일까. 문학이란 무엇인가. 생각하게 된다.
　왜 시를 쓰지 않고는, 집중하지 않고는, 심적 고통에서 벗어날 수 없을까 하는 의문은 개인적인 체험인 까닭에 피부에 와 닿는 강도는 다르겠지만, 그 지독한 고통을 체험해본 사람들은 시인이 앓고 있는 병의 증세, 그 심각성에 대하여 '아가미가 찢어지는 고통에 대하여' 고개를 끄떡이며 공감할 수 있을 것이라 생각된다.

내적 갈등이 심하고 고뇌가 깊은 시인들은 모순으로 가득한 현실에 적응하지 못하여 방황하거나 해석이 불가능한 난해한 시편들을 내어 놓는 경향이 있는데 원명옥의 시는 인간으로 태어나 누리고 가는 총체적 삶의 미학을 전달하려는 듯, 시적 기교보다 공감대를 형성하는 메시지 전달에 치중하고 있어 시를 사랑하는 일반 독자들을 배려하고 있다.

시야에 포착된 사물이나 사건을 보고 재해석하기보다는 눈에 보이는 그대로 가슴이 느끼는 그대로 현실의 삶과 연결시키는 사물시(事物詩), 일상시(日常詩)들이 주류를 이루고 있다.

개인적 종말(대폭발)이 오기 전, 가슴 속 작은 분화구에서 발굴한 깨달음의 원석들이 시적 변용을 거쳐 가치 있는 보석들로 가공되기를 바라면서 시집 상재를 축하드린다.

오늘 이 기나긴 하루해 다시 저물고
뜨문뜨문 별이 돋는 시각이면
나는 또 나도 모르게
또 혼자만의 쓸쓸한 이별을 꿈꾸곤 합니다
알듯 모를 듯 도무지 알 수 없는
그림자 내 사랑 해맑은 영혼 그대를 위해